KB275000

오즈나라와 주변국
장미왕국
이브나라
바퀴 인간
N
W
Z
E
S
링키팅크
놈왕
폴리크롬
팜파즘
죽음의 사막
우가부
다람쥐왕
양철나무꾼
윙키의 나라
진실의 연못
까마
도튼헛
휨지
꿈의 왕국
글로우데이워그
식물왕국
보우 계곡
갈고일의 나라
스쿠들러

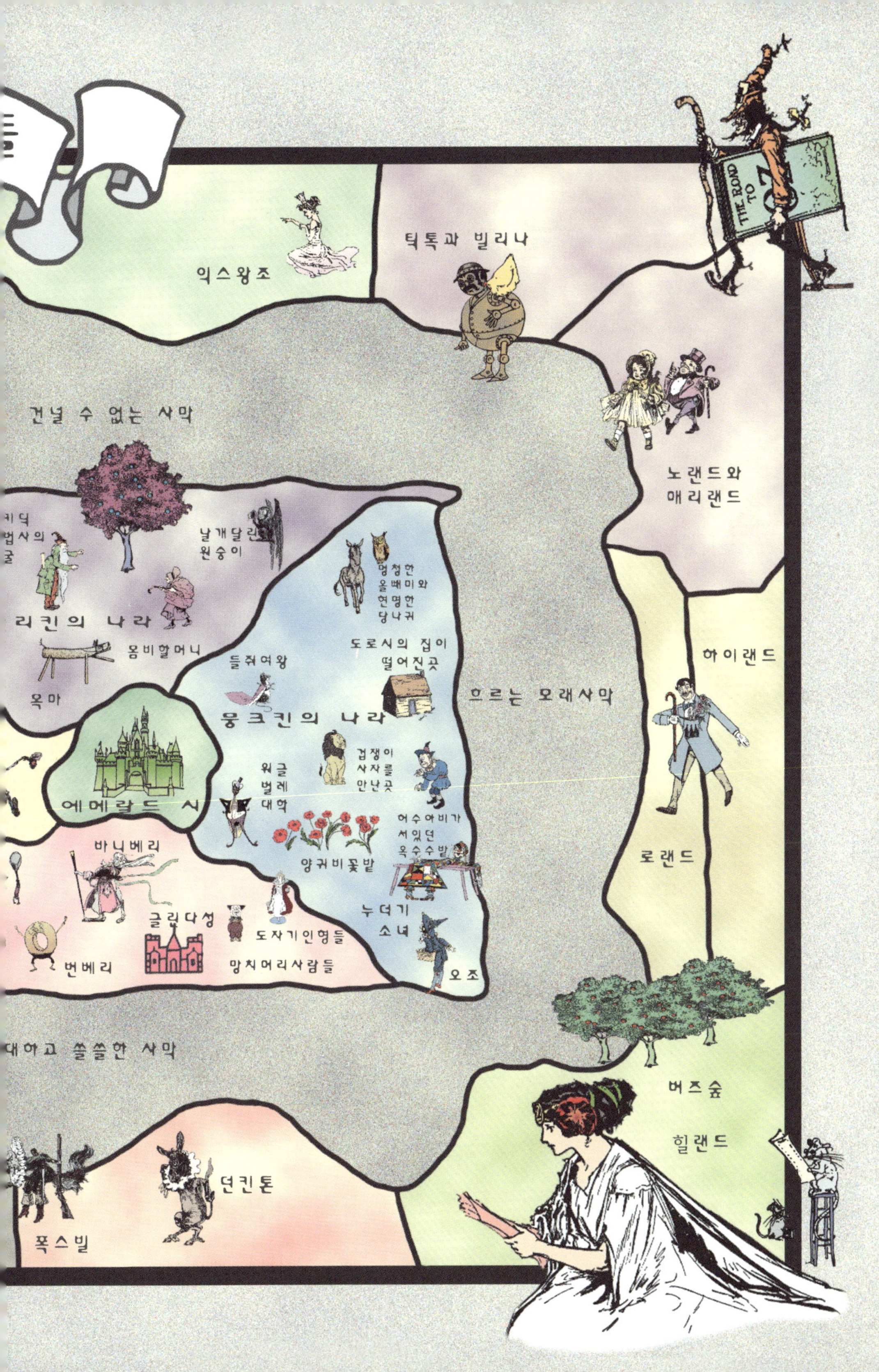
익스왕조
틱톡과 빌리나
THE ROAD TO OZ
건널 수 없는 사막
노랜드와 매리랜드
디딕 법사의 굴
날개 달린 원숭이
명청한 당나귀와 현명한 나귀
하이랜드
리킨의 나라
몸비할머니
옥마
들쥐여왕
도로시의 집이 떨어진곳
흐르는 오래사막
뭉크킨의 나라
워글벌레 대학
겁쟁이 사자를 만난곳
에메랄드 시
어수아비가 서있던 옥수수밭
바니베리
양귀비꽃밭
로랜드
먼베리
글린다성
도자기인형들
망치머리사람들
누더기 소녀
오조
대하고 쓸쓸한 사막
버즈숲
힐랜드
폭스빌
던킨톤

오즈로 가는 길

L. 프랭크 바움 지음 / 최인자 옮김

문학세계사

THE ROAD TO OZ

L. Frank Baum

나의 소중한 독자들에게

　사랑하는 독자 여러분, 드디어 여러분들이 그토록 기다리던 새로운 오즈 시리즈가 나왔습니다. 도로시의 신기하고 놀라운 모험 이야기입니다. 이번 이야기에는 귀여운 강아지 토토도 등장합니다. 여러분들이 너무나 간절히 토토의 등장을 원했기 때문입니다. 물론 그밖에도 수많은 친근한 주인공들을 다시 만나게 될 것입니다.

　나는 어린 독자들이 편지에 적어 보내온 소원들을 가능하면 들어주려고 애를 썼습니다. 비록 이 이야기가 여러분들이 원하던 것과 똑같이 씌어지지는 않았다고 하더라도, 어떤 이야기는 글로 씌어지기 전에 이미 완성되어 있다는 사실을 기억해주세요. 아무리 작가라 하더라도 그것을 마음대로 바꿀 수는 없답니다.

『도로시와 오즈의 마법사』 서문에서 나는 '오즈' 이야기가 아닌 어떤 다른 이야기를 쓰고 싶다고 말했습니다. 오즈에 대해서는 이미 충분히 썼다고 생각했기 때문이죠. 하지만 그 책이 출간되자마자, "도로시에 대한 또 다른 이야기를 써달라" 혹은 "오즈에 관한 좀더 자세한 이야기를 해달라"는 어린이들의 편지가 또 끊임없이 날아왔습니다. 나는 오직 어린이들을 기쁘게 하기 위해 글을 쓰는 작가로서 결국 그들의 소망을 존중하지 않을 수 없었습니다.

이 책에는 여러분들의 사랑을 받게 될 새로운 등장 인물들이 나옵니다. 개인적으로 나는 털북숭이 노인을 무척 좋아합니다. 부디 여러분들도 그를 좋아하게 되기를 바랍니다. 무지개의 딸인 폴리크롬과 순진하고 나이 어린 소년 빛나는 단추는 이 책에 또다른 재미를 더해 줄 것입니다. 그들을 여러분들에게 소개하게 된 것을 무척 기쁘게 생각합니다. 여러분들이 새로운 등장인물들을 어떻게 생각하는지 꼭 편지를 써서 나에게 알려주세요.

이 책을 쓰는 동안, 나는 오즈 나라로부터 중요한 몇 가지 소식을 들었습니다. 무척이나 놀랄 만한 소식이었어요. 아마 여러분들도 그 소식을 듣게 되면 놀라지 않을 수 없을 것입니다. 하지만 그것은 너무나 길고 흥미로운 이야기이기 때문에 다음 책에서나 알려줘야 할 것 같습니다. 그럼, 여러분 곧 다시 만나게 되길 바랍니다.

ㄴ. 프랭크 바움

오즈로 가는 길

오즈로 가는 길

◆차 례◆

THE ROAD
TO
OZ

1
버터필드로 가는 길

"이봐, 꼬마 아가씨. 버터필드로 가는 길을 좀 가르쳐 주겠니?"

털북숭이 노인이 불쑥 앞으로 나서며 도로시에게 말을 걸었다.

도로시는 놀란 눈으로 노인을 올려다보았다. 어쩜, 그는 정말이지 온통 털북숭이였다. 하지만 반짝거리는 두 눈은 상냥해 보였다.

"어머, 그럼요. 가르쳐 드릴게요. 그런데 이 길은 그쪽 길이 아닌걸요."

"그쪽 길이 아니라고?"

"버터필드로 가시려면요, 10에이커 정도 되는 벌판을 가로지른 다음 고속도로를 따라서 북쪽으로 가다 보면 오거리가 나오거든요. 거기서부터 다시……."

"이런, 아가씨 말을 듣고 보니 버터필드는 아주 먼 것 같군.”

털북숭이 노인이 한숨을 쉬었다.

“다시 오거리가 나오고 버드나무 그루터기가 있을 거예요. 아니면 들다람쥐들이 파놓은 구멍이나 어쩌면…….”

“다른 길은 없나, 아가씨?”

“전혀 없어요, 할아버지. 어쨌든 버터필드로 가려면 저 오른쪽 길로 가셔야 해요.”

“그렇군. 거기서부터 들다람쥐 그루터기에다가……. 그리고 또 뭐였지?”

“아휴! 제가 그 길을 가르쳐 드려야만 될 것 같네요. 그렇게 알아듣지를 못하시니 말이에요. 얼른 집에 가서 모자를 쓰고 나올 테니까 잠깐 기다리세요.”

털북숭이 노인은 도로시를 기다리는 동안, 입에 귀리 짚 한 오라기를 물고서 맛을 보듯이 천천히 씹었다. 사실 귀리 짚은 아무 맛도 없었다. 농가 옆에는 사과나무 한 그루가 서 있었고 땅바닥에는 사과 몇 알이 떨어져 있었다.

‘귀리 짚보다는 사과가 더 맛이 좋을 거야.’

그렇게 생각한 털북숭이 노인은 허리를 굽혀서 땅에 떨어진 사과 몇 개를 집어들었다. 그러자 옅은 갈색 눈을 가진 작고 까만 개 한 마리가 농가에서 달려 나와서 미친 듯이 털북숭이 노인에게 달려들었다. 하지만 노인은 이미 사과 세 개를 집어들어서 자신이 입고 있는 털이 북실북실한 외투 주머니 속에 집어넣은 후였다.

작은 강아지는 당장이라도 물어뜯을 듯이 시끄럽게 짖어 대다가, 털북숭이 노인의 다리를 물려고 덤벼들었다. 그러나 털북숭이 노인은 강아지의 목을 덥석 움켜쥐더니 사과를 넣은 호주머니 속에 그대로 넣어 버렸다. 그리고 아무 일도 없었다는 듯이 계속해서 사과를 호주머니 속에 집어넣었다. 땅바닥에는 아직도 사과가 많이 떨어져 있었다. 노인이 주머니 속에 사과를 하나씩 집어넣을 때마다 작은 강아지는 머리나 엉덩이를 사과에 얻어맞고 화가 나서 으르렁거렸다. 그 작은 강아지의 이름은 바로 토토였다. 토토는 자신이 털북숭이 노인의 주머니 속에 갇힌 신세가 되었다는 게 너무나 기가 막혔다.

이때 모자를 쓴 도로시가 농가에서 달려나오며 소리쳤다.

"가세요, 할아버지. 제 안내를 받고 싶으시다면요."

도로시는 울타리를 넘어서 들판을 가로질러 걸어갔다. 털북숭이 노인은 도로시를 따라갔다. 하지만 마치 딴 생각을 하느라고 어디를 가고 있는지조차 모르는 사람처럼 느린 걸음으로 작은 언덕을 비틀거리며 올라왔다.

"어머나, 할아버진 정말 걸음이 늦으시군요. 어디 다리라도 아프신가요?"

"아니야, 아가씨. 사실은 내 수염 때문이란다. 이렇게 더운 날씨엔 금방 늘어져 버리거든. 눈이 오면 좋겠는데, 안 그러니?"

"그건 말도 안되는 소리예요, 털북숭이 할아버지."

도로시는 털북숭이 노인을 엄숙한 표정으로 바라보았다.

"8월에 눈이 내리면 옥수수와 귀리 그리고 밀농사를 망치게 돼요. 그렇게 되면 헨리 아저씨는 다른 농사도 지을 수가 없게 되어서 가난해질 거예요. 게다가……."

"걱정할 것 없단다. 이런 날씨에 눈은 오지 않을 것 같구나. 그런데 이게 네가 말하던 길이니?"

"네. 제가 고속도로 끝까지 함께 가 드릴게요."

도로시는 이렇게 대답하면서 또 다른 울타리로 기어올라갔다.

"고맙다, 너는 무척 친절하구나. 진심이야."

털북숭이 노인이 고마워했다.

"버터필드로 가는 길을 아는 사람은 많지 않아요. 하지만 저는 헨리 아저씨와 함께 여러 번 차를 타고 그곳에 갔었지요. 그러니 눈을 감고도 찾을 수가 있을 정도랍니다."

도로시가 찻길을 따라 걸으면서 재잘거렸다.

"그렇다고 눈을 감고 가면 안돼, 아가씨. 실수할지 몰라."

털북숭이 노인이 순진하게 걱정을 했다. 도로시는 웃으면서 말했다.

"안 그럴게요. 여기가 그 고속도로예요. 자, 저기 두번째, 아니 세번째 길에서 왼쪽으로 돌아가세요. 아니 그건 네번째예요. 보세요. 느릅나무 옆이 첫번째 길이고요, 들쥐 구멍들이 있는 곳이 두번째 길, 그리고 다음이……."

"다음엔 뭐가 있지?"

털북숭이 노인이 무심결에 외투 주머니 속에 두 손을 넣자, 토토가 기회를 놓치지 않고 노인의 손가락 하나를 물어뜯었다. 털북숭이 노인은 재빨리 주머니에서 손을 빼내며 신음소리를 냈다.

"으음!"

하지만 도로시는 아무것도 눈치채지 못하고 있었다. 도로시는 눈부신 햇빛을 가리기 위해서 팔을 들어 눈 위를 가렸다. 그리고 걱정스럽게 그 길을 내려다보았다.

"이리 오세요. 조금만 더 가면 되니까 제가 안내를 해 드릴게요."

잠시 후에 두 사람은 다섯 갈래의 길이 뻗어 있는 오거리에 이르렀다. 도로시는 그 중에 한 길을 가리켰다.

"저 길이에요, 털북숭이 할아버지."

“말해 준 대로 따르지요, 아가씨.”

노인은 걸어가기 시작했다. 도로시가 황급히 소리쳤다.

“그 길이 아니에요! 잘못 가고 있잖아요.”

노인이 걸음을 멈추었다.

“걱정하지 말아라. 나도 네가 알려 준 길이 이 길이 아니란 걸 알고 있어.”

노인은 그렇게 대꾸하면서 손가락으로 덥수룩한 수염을 배배 꼬았다.

“그렇다면 왜 그쪽으로 가시는 거죠?”

“나는 버터필드로 가고 싶지 않아, 아가씨.”

“가고 싶지 않다고요?”

“분명히 가고 싶지 않아. 실수로 그곳에 가게 될까봐 너에게 그 길을 가르쳐 달라고 했던 거야.”

“어머나! 그럼 어디로 가고 싶은 거예요?”

“특별히 정하지 않았어, 아가씨.”

도로시는 어리둥절해졌다. 동시에 여기까지 괜히 힘들게 왔다는 생각에 화가 났다.

“여기엔 정말 좋은 길들이 많은걸. 내 생각엔 여기에서는 어떤 사람이든지 원하는 곳에 갈 수가 있을 것 같아.”

털북숭이 노인은 마치 풍차처럼 천천히 고개를 돌리면서 길을 관찰했다.

그 말을 듣고 도로시도 주위를 살펴보았다. 그리고 깜짝 놀랐다. 노인의 말대로 쭉 뻗은 넓은 길들이 아주 많았다.

이전에 도로시가 보았던 것보다도 훨씬 더 많은 것 같았다.

이건 분명히 오거리여야 하는데.

그렇게 생각하면서 도로시는 길들을 하나 하나 세어보기 시작했다. 하지만 열일곱까지 세고 나자, 어안이 벙벙해져서 더 이상 세는 것을 포기하고 말았다. 그들이 서 있는 곳을 중심으로 길들이 사방으로 수없이 많이 뻗어 있었기 때문이었다.

"말도 안돼! 여긴 분명히 오거리였고 고속도로가 있었어요. 그런데 지금은! 세상에! 고속도로는 어디 있는 거죠, 털북숭이 할아버지?"

"모르겠어, 아가씨. 1분 전까지도 있었던 것 같은데?"

노인은 서 있기가 피곤한 듯이 땅바닥에 주저앉았다.

도로시는 당황해서 어쩔 줄 몰랐다.

"그랬어요. 그리고 전 분명히 들쥐 구멍들과 죽은 나무 그루터기도 보았어요. 그런데 지금은 그것들이 사라졌어요. 정말 이상한 길들이에요. 게다가 이렇게 많다니! 이 길들이 다 어디로 가는 거죠?"

털북숭이 노인은 길들을 유심히 관찰했다.

"길들은 아무 곳에도 가지 않아. 언제나 같은 장소를 지키고 있기 때문에 사람들이 그 위로 갈 수가 있는 거야."

노인은 손을 호주머니 속으로 집어넣더니 토토가 다시 손가락을 물기 전에 재빨리 사과 하나를 꺼냈다. 이 순간 작은 개는 머리를 주머니 밖으로 내밀고 크게 짖었다.

"멍멍!"

도로시가 펄쩍 뛰었다.

"토토! 어디에서부터 따라온 거니?"

"내가 데려왔단다."

털북숭이 노인이 말했다.

"왜요?"

"내 주머니 속에 들어 있는 사과들을 지키게 하려고 그랬지. 그래야 아무도 사과를 훔쳐가지 못할 테니까."

털북숭이 노인은 한 손에 사과를 들고 먹기 시작하면서 다른 손으로 토토를 꺼내어 땅 위에 내려놓았다. 당연한 일이지만 토토는 어두운 주머니 속에서 풀려난 것이 기뻐서 도로시를 보며 명랑하게 짖었다. 도로시가 개의 머리를 사랑스럽게 쓰다듬어주자, 토토는 도로시 앞에 앉아서 붉은 혓바닥을 축 늘어뜨리고 엷은 갈색 눈으로 어린 주인의 얼굴을 바라보았다. 마치 '이제부터 우리가 무얼 하죠?' 라고 묻는 것 같았다.

도로시는 어찌할 바를 몰랐다. 소녀는 걱정스럽게 주위를 둘러보면서 눈에 익은 표지판이 있는지 찾아보았다. 그러나 모든 것이 다 낯설었다. 수많은 갈래길들 사이에는 푸른 풀밭이 펼쳐져 있었고 몇 그루의 키 작은 관목들과 나무들이 서 있었지만, 털북숭이 노인과 토토를 제외하고는 그 어느 곳에도 도로시가 방금 전 걸어온 농가와 연결된 길이나 이전에 보았던 익숙한 광경들은 보이지 않았다.

그래도 도로시는 수없이 주위를 둘러보고 또 둘러보면서 지금 있는 이곳이 어디인지를 알아내려고 노력했다. 하지만 이제는 어느 방향이 농가가 있는 쪽인지조차 알 수가 없게 되자 점점 걱정스러워지기 시작했다.

"큰일났어요, 털북숭이 할아버지. 길을 잃어버렸어요!"

"큰일날 게 뭐가 있니. 모든 길은 다 어딘가로 이어져 있고 통해 있어. 그런데 뭐가 문제야?"

"전 집으로 돌아가고 싶어요."

"글쎄, 가면 되지 않니?"

"어느 길로 가야 할지를 모르겠는걸요."

털북숭이 노인은 덥수룩한 머리를 슬프게 흔들었다.

"그건 정말 문제구나. 널 도와주고 싶지만 어쩔 수가 없어. 나는 여기가 처음이거든."

도로시는 노인 옆에 앉았다.

"저도 꼭 처음 온 것 같아요. 우습군요. 불과 1분 전만 해도 저는 집에 있었고 할아버지에게 버터필드로 가는 길을 알려 주려고 했을 뿐인데……."

"그래서 내가 실수로 그곳에 가지 않아도 되었지."

"이제 제가 길을 잃고 집에 돌아가는 방법조차 모르게 됐어요!"

"자, 이 사과를 먹거라."

털북숭이 노인이 빨갛게 잘 익은 사과 하나를 도로시에게 건네주었다.

“배고프지 않아요.”

“하지만 내일이면 너는 사과를 먹지 않은 것을 후회하게
될 거야.”

“그렇다면 그때 사과를 먹겠어요.”

“아마 그때는 사과가 없을지도 모르지.”

노인은 그렇게 대꾸하고 빨갛게 익은 그 사과를 먹기 시
작했다.

“가끔은 개들이 사람보다도 길을 더 잘 찾을 수가 있단
다. 아마 네 개가 농장으로 돌아가는 길을 안내할 수 있을
거야.”

“할 수 있니, 토토?”

토토가 꼬리를 마구 흔들었다.

“좋아, 집으로 가자.”

토토는 잠깐 주위를 살핀 후 길들 중의 하나로 달려갔다.

“안녕, 털북숭이 할아버지.”

도로시는 토토의 뒤를 쫓아 달려갔다. 작은 개는 얼마 동
안 기운차게 뛰어갔지만 곧 우뚝 서서 사방을 둘러보았다.
그리고 길을 물어보듯이 어린 주인의 얼굴을 빤히 바라보
았다.

“아유, 나한테 어느 쪽이냐고 물어 보지 마. 나도 모르니
까. 네가 스스로 길을 찾아야만 해.”

그러나 토토는 길을 찾지 못했다. 토토는 꼬리를 흔들고
재채기를 하며 두 귀를 흔들었고 다시 털북숭이 노인이 있

는 곳으로 뛰어갔다. 노인은 다른 길을 선택해서 걷기 시작했다. 그런 다음 다시 원래 있던 곳으로 돌아왔고 다시 또 다른 길로 가보았다. 그러나 그때마다 전혀 낯선 길임을 깨닫고 돌아서야만 했다. 마침내 노인은 도로시와 토토를 농장으로 데려다 주는 것을 포기하고 말았다.

그때쯤 되자 도로시도 노인의 뒤를 쫓아가는 데 지치기 시작했다. 토토는 아예 털북숭이 노인 옆에 털썩 주저앉아서 숨을 헐떡거렸다.

도로시도 땅바닥에 앉아서 깊은 생각에 잠겼다. 사실 캔자스 농장에서 살기 시작한 이후부터 어린 소녀는 이상한 모험들을 많이 겪어 왔다. 하지만 이번 일은 지금까지 겪어 온 모험들 중에서도 가장 이상했다. 집에서부터 그렇게 가까운 곳에 있으면서 15분 동안이나 길을 몰라 헤매고 있다는 사실이 도로시를 굉장히 당황스럽게 만들었다.

"너의 가족들이 걱정하겠구나?"

친절한 두 눈을 반짝이면서 털북숭이 노인이 물었다.

도로시는 한숨을 쉬었다.

"그러실 거예요. 헨리 아저씨는 '너에겐 늘 무슨 일이 일어나는구나'라고 말씀하셨어요. 하지만 저는 늘 집으로 무사히 돌아오곤 했죠. 그러니 이번에도 아마 마음을 편하게 갖고 제가 무사히 돌아올 거라고 믿고 계실 거예요."

털북숭이 노인은 미소를 지으면서 도로시에게 고개를 끄덕여 보였다.

"분명히 그렇게 될 거야. 알겠지만 착하고 어린 소녀들에게는 절대로 나쁜 일이 생기지 않는 법이거든. 나로 말하자면 나도 역시 착한 사람이지. 그래서 아무것도 나를 해치지 못한단다."

도로시는 털북숭이 노인을 호기심에 찬 눈으로 바라보았다. 노인이 입고 있는 옷들은 털이 북실북실했고, 신고 있는 장화와 뚫어진 구멍들도 북실북실, 그리고 머리카락들과 구레나룻도 북실북실했다. 노인의 미소는 부드러웠고 두 눈은 친절해 보였다.

"그런데 할아버지는 왜 버터필드에 가지 않으려는 거죠?"

"왜냐하면 그곳에 사는 어떤 사람이 나에게 15센트를 빚졌는데 나를 보면 그 돈을 갚고 싶어하기 때문이야. 하지만 나는 돈 따위는 갖고 싶지 않단다, 내 귀여운 친구야."

"어째서요?"

털북숭이 노인은 엄숙하게 말했다.

"돈은 사람들을 거만하고 건방지게 만들지. 나는 거만하고 건방진 사람이 되고 싶지 않아. 내가 바라는 건 사람들이 나를 사랑해주는 것뿐이야. 물론 내가 사랑의 자석을 갖고 있는 한, 내가 만나는 사람들은 모두 나를 진심으로 사랑하게 되어 있단다."

"사랑의 자석이라고요! 우와, 그게 뭐예요?"

"음, 다른 사람들에게 절대 말하지 않겠다고 약속한다면 너에게 보여줄 수도 있는데."

노인이 나지막하고 진지한 목소리로 말했다.

"아무에게도 말하지 않겠어요. 토토만 빼놓고요."

털북숭이 노인은 주머니 속을 조심스럽게 뒤지더니 다른 쪽 주머니를 뒤졌다. 그리고 다시 세번째 주머니를 뒤졌다. 마침내 그는 꾸깃꾸깃한 종이로 싸고 무명실로 묶은 작은 꾸러미를 꺼냈다. 그는 끈을 풀지 않고 꾸러미를 열어서 말굽 모양의 쇳조각 하나를 집어들었다. 그것은 흐릿한 갈색이었는데 그다지 예쁘거나 신기해 보이지 않았다.

털북숭이 노인이 다정하게 말했다.

"내 귀여운 친구야, 이건 놀라운 사랑의 자석이란다. 샌드위치 나라에 사는, 아! 그런데 참고로 말하지만 샌드위치 나라엔 샌드위치가 하나도 없단다. 아무튼 샌드위치 나라에 사는 어떤 에스키모 인이 나에게 준 것이지. 내가 이걸

몸에 지니고 있는 한, 내가 만나는 모든 살아 있는 것들은 나를 진심으로 사랑하게 된단다."

"어째서 그 에스키모 인은 이걸 계속 갖고 있으려고 하지 않았나요?"

도로시는 말굽 자석을 흥미롭게 바라보았다.

"그 사람은 사랑을 받는 데에 너무나 질려서 누군가 자신을 미워해 주기를 열렬히 바랐지. 그래서 나에게 이 말굽 자석을 주었는데 바로 그 다음날 회색 큰곰이 그 사람을 잡아먹었단다."

"그럼 그 사람은 후회했겠네요?"

"모르겠구나. 죽을 때 아무 말이 없었거든. 하지만 그 곰은 조금도 미안해하는 것 같지 않았어."

털북숭이 노인은 사랑의 자석을 아주 조심스럽게 다시 싸고 끈으로 묶어서 주머니 속에 집어넣었다.

"아저씨는 그 곰을 알고 있었나요?"

"그래. 캐비어 나라에 있을 때 우리는 함께 공놀이를 하곤 했어. 내가 사랑의 자석을 갖고 있었기 때문에 그 곰은 나를 사랑했지. 나는 그 곰이 에스키모 인을 잡아먹었다고 해서 뭐라고 비난할 수가 없었어. 왜냐하면 뭐든지 잡아먹는 건 곰의 본성이거든."

"이전에 저는 통통한 아기들을 잡아먹고 싶어하는 배고픈 호랑이 한 마리를 알았던 적이 있어요. 그것도 호랑이의 본성이었죠. 하지만 그 호랑이는 양심이 있는 호랑이였기 때문에 절대로 아무것도 잡아먹지 않았어요."

털북숭이 노인은 한숨을 쉬었다.

"너도 눈치챘겠지만 그 곰에게는 양심이 없었단다."

털북숭이 노인은 아마도 회색곰과 배고픈 호랑이의 입장을 생각하는 듯이 한동안 말없이 앉아 있었다.

마침내 털북숭이 노인이 몸을 돌리고 물었다.

"이름이 뭐지, 꼬마 아가씨?"

"제 이름은 도로시예요."

도로시는 벌떡 일어났다.

"그런데 앞으로 어떻게 하죠? 언제까지나 여기에 있을 수는 없잖아요?"

"그렇다면 일곱번째 길로 가 보자. 도로시라는 이름의 소녀에겐 일곱이 행운의 숫자란다."

"어느 길이 일곱번째 길이죠?"

"네가 일곱번째로 세는 길이 일곱번째 길이란다."

도로시는 일곱까지 길을 세었다. 하지만 그 일곱번째 길은 다른 길과 조금도 달라 보이지 않았다. 그러나 털북숭이 노인은 앉아 있던 자리에서 벌떡 일어나더니 마치 그 길이야말로 가장 정확한 길이라는 듯이 주저 없이 걷기 시작했다. 도로시와 토토도 그 노인의 뒤를 따라갔다.

2

빛나는 단추를 만나다

일곱번째 길은 걸어가기에 아주 편하고 좋은 길이었다. 이리저리 굽이진 그 길의 양편에는 데이지꽃과 미나리아재비가 온통 뒤덮여 있는 푸른 들판이 펼쳐져 있었고, 가장자리에는 커다란 나무들이 그늘을 드리우고 서 있었다. 하지만 집처럼 보이는 것은 하나도 없었다. 한참을 걸어갔지만 사람이라고는 그림자조차 보이지 않았다.

도로시는 과연 제대로 길을 가고 있는지 슬슬 걱정이 되기 시작했다. 왜냐하면 모든 풍경이 낯설었기 때문이었다. 하지만 다른 길을 선택한다고 해도 별로 뾰족한 수가 없었다. 그러므로 다시 갈림길이 시작되는 교차점으로 돌아간다는 것은 전혀 도움이 되지 않을 것 같았다.

도로시는 털북숭이 노인과 나란히 길을 걸었다. 노인은 도로시의 기운을 북돋아 주려는 듯이 경쾌한 곡조로 휘파람을 불었다. 어느 길모퉁이를 돌아간 그들은 길 위에 그늘

을 드리우고 서 있는 커다란 밤나무 한 그루를 보았다. 그 나무 그늘 아래에는 선원 복장을 한 작은 소년이 앉아서 나뭇조각으로 땅바닥에 구멍을 파고 있었다. 거의 축구공이 들어갈 만큼 구멍이 꽤 커다란 것으로 보아서, 소년은 벌써 몇 시간 동안이나 계속 그 구멍을 파고 있었던 것이 분명했다.

도로시와 토토, 그리고 털북숭이 노인은 끈질기게 구멍을 파고 있는 작은 소년 앞으로 걸어가서 멈추어 섰다.

"너는 누구니?"

도로시가 물었다.

소년은 고개를 들고 말없이 도로시를 바라보았다. 소년의 얼굴은 둥글고 통통했으며 커다랗고 파란 두 눈은 진지한 빛을 띠고 있었다.

“나는 빛나는 단추라고 해.”

“네 진짜 이름은 뭐야?”

도로시가 다시 물었다.

“빛나는 단추라니까.”

“그건 진짜 이름이라고 할 수가 없어!”

도로시가 고개를 흔들었다.

“할 수가 없다고?”

소년은 이렇게 되물으면서 손으로는 여전히 구멍을 파고 있었다.

“당연하지. 그건 그냥 별명 같은 거잖아. 그것 말고 진짜 이름이 있어야만 해.”

“있어야만 한다고?”

“물론이야. 너의 엄마는 너를 뭐라고 부르시니?”

소년은 땅을 파는 것을 멈추고 잠시 생각에 잠겼다.

“아빠는 늘 내가 단추처럼 빛난다고 말했어. 그래서 엄마는 늘 나를 빛나는 단추라고 불렀어.”

“너의 아빠 이름은 뭔데?”

“그냥 아빠.”

“다른 이름은?”

“몰라.”

털북숭이 노인이 미소를 지으면서 입을 열었다.

“도로시, 걱정할 것 없단다. 우리도 이 아이의 엄마처럼 이 아이를 빛나는 단추라고 부르자꾸나. 그 이름도 다른 이름들만큼이나 좋아. 아니, 이 세상 어떤 이름보다 좋아.”

도로시는 소년이 구멍을 파는 모습을 보면서 물었다.

“사는 곳이 어디니?”

“몰라.”

“여기에는 어떻게 왔어?”

“몰라.”

“네가 어디에서 왔는지 모른단 말이야?”

“그래.”

“어머나, 이 아이도 길을 잃은 게 분명해요.”

도로시는 털북숭이 노인을 바라보았다. 그리고 다시 소년에게로 몸을 돌렸다.

“뭘 하는 거니?”

“땅을 파.”

“하지만 언제까지나 땅만 파고 있을 수는 없잖아. 그럼 다음엔 뭘 할거니?”

“몰라.”

“넌 도대체 알고 있는 게 뭐니?”

도로시는 화가 나서 큰소리로 말했다.

“나 말이야?”

소년은 되물으면서 놀라 고개를 들었다.

“그래.”

“내가 뭘 알고 있어야 한다는 거야?”

“예를 들면, 앞으로 네가 어떻게 될 건지 말이야.”

"그럼 내가 어떻게 될 건지 네가 알고 있단 말이야?"
"아니, 그건 아니야."
"그럼 너는 네가 어떻게 될 건지 알고 있어?"
소년은 계속해서 진지하게 물었다.
"아니, 그것도 알 수가 없어."
도로시는 자신이 현재 처해 있는 어려운 상황을 떠올리며 힘없이 고개를 저었다. 털북숭이 노인이 걸걸 웃었다.
"모든 걸 아는 사람은 없단다, 도로시."
"맞아요! 그렇다고 해서 빛나는 단추가 아무것도 모르는 바보 같지는 않아요. 그렇지, 빛나는 단추야?"
소년은 머리카락이 예쁘게 곱슬거리는 머리를 흔들면서 분명하고 조용한 목소리로 말했다.
"몰라."
도로시는 이렇게 아무것도 모르는 사람을 지금까지 한번도 만난 적이 없었다. 이 아이는 길을 잃어버린 것이 분명했다. 소년의 부모님은 아들을 걱정하고 있을 것이다. 소년은 도로시보다 두세 살 정도 어려 보였고, 말끔한 옷차림새로 봐서는 누군가 소년을 무척 사랑해서 많은 신경을 쓰고 돌봐주는 것 같았다. 그런데 어쩌다가 소년은 이 외딴 길에 오게 되었을까? 도로시는 무척 궁금했다.
빛나는 단추가 앉아 있는 자리 옆에는 금박으로 닻을 새긴 선원 모자가 놓여 있었다. 소년은 길고 통이 넓은 선원 바지를 입었으며 넓은 셔츠 깃에는 양쪽 끝에 금실로 닻이 수놓아져 있었다. 소년은 계속해서 구멍을 팠다.

"바다에 간 적이 있니?"

도로시가 물었다.

"뭘 보러?"

빛나는 단추가 말했다.

"물이 있는 곳에서 지낸 적이 있느냐는 말이야."

"응. 우리 집 뒤뜰에 우물이 있어."

도로시는 기가 막혀서 소리를 질렀다.

"전혀 이해를 못하는구나. 내 말은 말이지, 넓은 바다 위에 떠 있는 커다란 배 위에서 지낸 적이 있느냐는 말이야!"

"몰라."

"그럼 왜 너는 선원 옷을 입고 있니?"

"몰라."

여전히 똑같은 대답뿐이었다. 도로시는 너무나 실망해서 말했다.

"너는 정말 지독한 바보구나, 빛나는 단추."

"내가?"

"그래, 네가."

"어째서?"

소년이 커다란 두 눈으로 도로시를 올려다보았다. 도로시는 자신도 '몰라!'라고 대꾸하고 싶었다.

하지만 도로시는 그 말을 꿀꺽 삼키며 대답했다.

"네가 항상 같은 대답을 하기 때문이야."

털북숭이 노인이 끼여들었다.

"더 이상 빛나는 단추에게 질문을 하는 건 소용없는 짓이로구나. 그렇지만 누구든 가엾은 어린아이를 보살펴 주어야만 해, 그렇지 않니? 그러니 이 아이도 우리와 함께 가는 것이 좋겠다."

3

이상한 마을

빛나는 단추는 아무 거리낌없이 지저분한 털북숭이 노인의 손을 붙잡았다. 여러분도 알다시피 털북숭이 노인은 사랑의 자석을 가지고 있었기 때문에 빛나는 단추는 첫눈에 노인을 좋아하게 되었던 것이다.

도로시와 토토는 그들과 함께 나란히 길을 떠났다. 여러분이 생각하는 것보다 이 작은 일행은 훨씬 더 유쾌하고 즐거운 기분이었다. 이제 도로시는 이 신기하고 이상한 모험에 점점 더 익숙해졌을 뿐만 아니라 심지어 흥미까지 느끼게 되었다. 토토로 말하자면 메리의 어린양처럼 도로시가 가는 곳이면 어디든 기꺼이 따라갔다. 빛나는 단추는 이미 길을 잃은 몸이었으니 더 이상 두려워하거나 걱정할 일도 없었고, 털북숭이 노인도 반드시 돌아가야 할 집이나 가족조차 없었기 때문에 어디를 가든 친구만 함께 있다면 행복하기는 마찬가지였던 것이다.

얼마 후 그들은 조금 멀리 떨어진 곳에 커다랗고 멋진 아치 문이 길 위에 세워져 있는 것을 보았다. 좀더 가까이 다가가서 살펴보자, 그 문에는 아름다운 모양의 온갖 조각이 새겨지고 화려한 색깔이 칠해져 있는 것을 알 수 있었다. 문 꼭대기에는 꼬리날개를 활짝 편 공작들이 줄지어 세워져 있었는데, 깃털 하나 하나가 선명하고 알록달록한 색깔들로 섬세하게 칠해져 있었다. 그리고 중앙에는 커다란 여우의 머리가 달려 있었다. 마치 이 세상 모든 일을 다 알고 있다는 듯이 교활하고 약삭빠른 표정을 짓고 있는 여우 조각은 커다란 안경을 쓰고 머리에는 반짝이는 커다란 보석이 박힌 작은 황금 왕관을 쓰고 있었다.

우리의 여행자들이 호기심 어린 눈으로 이 아름다운 둥근 문을 정신없이 바라보고 있을 때, 갑자기 한 무리의 병사들이 행진을 하며 나타났다. 그들은 모두 군복을 입은 여우들이었다. 초록색 웃옷에 노란 바지를 입고 둥글고 작은 모자를 쓴 그들은 번쩍거리는 빨간색 부츠를 신고 있었다. 길고 털이 북실북실한 꼬리의 가운데에는 붉은색의 커다란 나비넥타이가 매어져 있었다. 또한 병사들 모두 칼날이 톱니처럼 뾰족뾰족한 나무 막대기 칼로 무장을 하고 있었다. 도로시는 그 칼을 보자마자 두려움에 사로잡혀 몸을 덜덜 떨기 시작했다.

제일 앞에는 대장이 서서 여우 병사들의 행진을 이끌고 있었다. 대장의 군복은 황금색 실로 화려하게 수가 놓여서

다른 병사들보다도 훨씬 더 눈에 띄었다.

우리의 친구들이 미처 어떻게 해보기도 전에 여우 병사들은 그들을 사방에서 둘러싸고 포위했다. 대장은 사나운 목소리로 그들에게 소리쳤다.

"항복하라! 너희들은 이제부터 우리의 포로다!"

"포로가 뭐죠?"

빛나는 단추가 물었다.

"포로란 사로잡힌 사람을 말한다."

여우 대장은 잔뜩 거드름을 피우며 그들 주위를 왔다 갔다 했다.

"사로잡힌 게 뭔데요?"

빛나는 단추가 다시 물었다

"네가 바로 사로잡힌 사람이다."

대장이 대답했다. 이 말을 들은 털북숭이 노인은 껄껄거리며 웃었다.

"안녕하시오, 대장?"

노인은 여우 병사들을 향해 공손하게 절을 했다. 그리고 대장에게는 더욱더 허리를 숙여 다시 한번 인사를 했다.

"그래, 건강은 좋으신가요? 댁에 가족은 모두 잘 지내시고요?"

여우 대장이 어리둥절한 표정으로 털북숭이 노인을 바라보았다. 순간 날카롭고 신경질적이던 그의 표정이 변하면서 상냥하고 부드러운 미소가 떠올랐다.

"우리는 잘 지내고 있습니다. 고맙습니다, 노인 양반."

도로시는 사랑의 자석이 또다시 힘을 발휘했다는 것을 알아차렸다. 모든 여우 병사들이 그 때문에 털북숭이 노인을 사랑하게 된 것이다. 하지만 이런 사실을 알지 못하는 토토는 여우 대장을 향해 맹렬하게 짖어대기 시작했다. 그리고 노란 바지와 부츠 사이로 드러닌 여우의 다리를 깨물려고 애를 썼다.

"그만해, 토토!"

도로시가 토토를 덥석 품에 안으며 소리쳤다.

"모두 우리의 친구란 말이야."

"그렇고말고! 우린 친구야."

여우 대장이 깜짝 놀란 듯이 말했다.

"처음에 나는 당신들이 우리의 적인 줄 알았소. 하지만 그대들은 우리의 친구가 분명하오. 나와 함께 우리의 독스 왕을 뵈러 갑시다."

"그 사람이 누구죠?"

빛나는 단추가 순진한 눈빛으로 물었다.

"폭스빌의 독스 왕이오. 우리를 다스리시는 위대하시고 현명하신 군주시오."

"현명? 군주? 그게 뭐예요?"

빛나는 단추가 물었다.

"자네는 왜 이렇게 쉴새없이 질문만 하나?"

"왜요?"

"왜냐고? 오, 이런."

여우 대장은 한숨을 쉬었다. 그리고 감탄하듯이 빛나는 단추를 바라보았다.

"그래, 궁금한 것이 없으면 배우는 것도 없는 법이지. 네 말이 맞아. 내가 틀렸다. 너는 아주 똑똑한 어린 소년이야. 그런 생각을 하다니, 정말 똑똑해. 하지만 자, 친구들! 이제 나와 함께 갑시다. 지금 당장 당신들을 궁전으로 모셔가는 것이 나의 임무라오."

병사들은 다시 뒤를 돌아서 문을 지나 행진을 했다. 그들과 함께 털북숭이 노인과 도로시, 토토 그리고 빛나는 단추도 걸어갔다. 일단 문을 통과하자, 아주 크고 훌륭한 도시가 그들 앞에 펼쳐졌다.

도시 전체의 모든 집들은 아름다운 색깔의 대리석을 조각해서 만든 것이었다. 대리석 위에 새겨진 장식 무늬들은 대부분 새와 공작, 꿩, 칠면조, 닭, 오리, 거위와 같은 집에서 기르는 새종류들이었다. 모든 현관 입구에는 그 집에 살고 있는 여우의 모습을 보여주는 조각상이 붙어 있었는데, 보기에 아름다우면서도 무척 신기한 느낌이 들었다.

우리의 친구들은 길을 따라 계속 걸어갔다. 몇몇 여우들은 현관 앞이나 발코니에 나와서 낯선 이방인들을 구경하기도 했다. 여우들은 모두 잘 차려입고 있었는데, 특히 여우 아가씨들과 여우 부인들은 밝고 눈부신 색깔의 깃털로 정교하게 짠 드레스를 입고 있었다. 이걸 본 도로시는 굉장히 예술적이고 무척 매력적이라고 생각했다.

빛나는 단추는 눈이 휘둥그래져서 열심히 주위를 둘러보았다. 그들은 모두 신기해서 어쩔 줄 몰랐다. 특히 토토는 잔뜩 흥분해서 쉴새없이 짖어대고 싶어했다. 그리고 눈에 띄는 여우마다 덤벼들려고 했다. 도로시는 마구 버둥거리는 토토의 작은 몸을 품안에 꼭 껴안고 조용히 있으라고 타일렀다. 나중에는 토토도 현명한 개답게 혼자서 한꺼번에 상대하기에는 폭스빌의 여우들이 너무 많다고 결론을 내리고 체념했다.

이윽고 그들은 넓은 광장에 도착했다. 광장 한가운데에는 왕실의 궁전이 우뚝 솟아 있었다. 도로시는 첫눈에 그 건물이 왕궁이라는 것을 알아차릴 수 있었다. 왜냐하면 웅장한 대문 위에 방금 전에 보았던 것과 똑같은 여우 머리의 조각상이 새겨져 있었기 때문이었다. 머리에 황금 왕관을 쓴 여우는 오직 이 여우뿐이었다.

문 앞에는 많은 여우 병사들이 보초를 서고 있었다. 그들은 대장을 보자 공손히 머리를 숙이며 아무런 말 없이 도로시 일행을 통과시켜 주었다. 대장은 도로시 일행을 이끌고 수많은 방을 통과했다. 그 방에는 화려하게 옷을 차려입은 여우들이 호화로운 의자에 앉아서 이야기를 나누거나 차를 마시고 있었다. 그들 주위에서는 하얀 앞치마를 두른 하인 여우들이 조용히 돌아다니며 시중을 들었다. 계속해서 걸어가자 금실로 짠 육중한 커튼이 사방에 드리워진 커다란 복도가 나타났다.

복도 옆에는 커다란 북이 세워져 있었다. 대장 여우는 북 앞으로 다가가더니 무릎으로 북을 쳤다. 처음에는 오른쪽 무릎, 그 다음에는 왼쪽 무릎, 이렇게 두 번을 치자, 북이 '둥 둥' 소리를 냈다.

"여러분들도 나와 똑같이 하시오."

대장이 명령했다. 털북숭이 노인이 제일 먼저 무릎으로 북을 치고 그 다음에는 도로시와 빛나는 단추도 따라했다. 이 철없는 소년은 통통한 무릎으로 계속해서 북을 두드리고 싶어했다. 둥둥 울리는 북소리가 무척 마음에 들었던 것이다. 하지만 대장이 허락하지 않았다. 한편 토토는 무릎으로 북을 칠 수가 없었다. 그렇다고 꼬리를 힘껏 저어서 북을 칠 수도 없는 노릇이었다. 결국 도로시가 대신 북을 쳐

주자, 토토는 큰소리로 짖어댔다. 여우 대장은 시끄럽게 구는 조그만 강아지를 꾸짖었다.

잠시 후에 황금 커튼이 걷히면서 문이 나타났다. 대장은 그들을 이끌고 씩씩하게 안으로 들어갔다.

그들이 들어간 곳은 아주 넓고 긴 방이었다. 벽에는 온통 황금과 화려한 색깔로 빛나는 스테인드 글라스 창문으로 장식이 되어 있었다. 방 중앙에는 정교하게 조각이 새겨진 황금 의자가 있었고, 여우 왕이 수많은 다른 여우들에게 둘러싸인 채 의자 위에 앉아 있었다. 신하 여우들은 한결같이 눈에 커다란 안경을 쓰고 있어서 무척 엄숙하고 위엄 있는 분위기를 풍겼다.

도로시는 단박에 왕을 알아보았다. 아치문과 왕궁 입구에 새겨져 있던 여우상을 보았기 때문이었다. 지금까지 온갖 신기한 여행을 하면서 여러 차례 왕들을 만나 본 적이 있는 도로시는 왕 앞에 나가면 어떻게 해야 하는지를 잘 알고 있었다. 그러므로 재빨리 왕좌 앞으로 다가가 절을 했다. 털북숭이 노인도 공손하게 절을 했다. 빛나는 단추만이 고개를 까딱하면서 "안녕하세요!"라고 인사를 했다.

"현명하시고 고귀하신 폭스빌의 군주이십니다."

여우 대장이 엄숙한 목소리로 왕을 소개했다.

"폐하, 황공하옵게도 폐하의 영토를 지나가고 있던 이 낯선 자들을 발견했음을 아뢰옵니다. 저에게 주어진 의무를 다하여 폐하 앞에 그들을 데리고 왔습니다."

"그래, 그랬군."

여우 왕은 날카로운 눈초리로 그들을 살펴보았다.

"그대들은 여기에 어떻게 왔느냐?"

"그저 발길이 닿는 대로 왔을 뿐입니다, 폐하."

털북숭이 노인이 대답했다.

"여기 온 목적은 무엇이냐?"

왕이 다시 물었다.

"가능한 빨리 이곳을 떠나는 것입니다."

털북숭이 노인이 대답했다. 물론 여우 왕은 사랑의 자석에 대해서는 전혀 알지 못했으나, 노인을 보는 순간 금방 그를 좋아하게 되었다.

"당신이 원하는 대로 어디든 가도 좋소. 하지만 먼저 내 도시를 구경시켜주고 싶구만. 그리고 여기 머무는 동안 여흥을 베풀어주겠노라. 또한 짐은 어린 도로시가 우리를 찾아온 것에 대해서 무척 기쁘게 생각하노라. 도로시, 우리 도시를 방문해주어서 정말 고맙구나. 네가 가는 곳이면 어디든지 곧 유명해지니까 말이다."

이 말을 들은 도로시는 깜짝 놀랐다.

"폐하께서 어떻게 제 이름을 아시나요?"

"도로시, 이곳에서 너를 모르는 사람은 없단다. 그걸 몰랐단 말이냐? 오즈마 공주와 친구가 된 이후로 너는 이곳에서 아주 중요한 인물이란 말이다."

"오즈마를 알고 계신단 말인가요?"

도로시가 어리둥절한 표정을 지었다.

"유감스럽게도 잘 알지는 못한다."

왕이 서글픈 목소리로 말했다.

"하지만 머지않아 만나게 될 거다. 너도 알겠지만, 오즈마 공주는 이번달에 스물한번째 생일을 맞이하게 되거든. 그래서 성대한 축하연이 벌어질 예정이란다."

"그래요? 저는 몰랐어요."

"그랬구나. 어쨌든 그 축하연은 환상의 나라에서 가장 성대하고 화려한 왕실 행사가 될 거다. 나도 그 연회에 초대받을 수 있도록 네가 힘을 써주면 좋겠구나."

도로시는 잠시 생각에 잠겼다.

"오즈마에게 부탁을 하면 틀림없이 폐하도 초청을 해줄 거예요. 하지만 어떻게 오즈의 나라와 에메랄드 시로 갈 수

가 있죠? 이곳 캔자스는 그곳과 아주 멀리 떨어져 있는데 말이죠.”

“캔자스라고!”

왕이 깜짝 놀라 소리쳤다.

“예, 캔자스요. 우리가 지금 캔자스에 있는 것이 아닌가요? 그렇죠?”

도로시가 되물었다.

“그것 참 이상하구나!”

여우 왕이 껄껄 웃기 시작했다.

“도대체 왜 이곳이 캔자스라고 생각하는 거지?”

“우리가 헨리 아저씨의 농장을 떠나온 지 겨우 두 시간밖에 안 지났는걸요. 그렇게 생각하는 것이 당연하잖아요.”

도로시가 다소 짜증스럽게 대답했다.

"도로시, 한번 말해보거라. 캔자스에 폭스빌처럼 신기하고 놀라운 도시가 있었니?"

"아니요, 폐하."

"그렇다면 오즈를 떠나 캔자스로 돌아올 때, 은구두나 요술 허리띠를 사용해서 눈 깜짝할 사이에 오지 않았었니?"

"그랬어요, 폐하."

도로시도 그 사실을 인정하지 않을 수 없었다.

"그런데 겨우 한두 시간 만에 폭스빌까지 온 것을 뭐 그리 이상하게 생각하느냐? 폭스빌은 캔자스보다는 오즈에 훨씬 더 가까이 있단다."

"이런 세상에!"

도로시가 소리쳤다.

"그럼 또 다른 모험이 시작된 건가요?"

"그런 것 같구나."

여우 왕이 빙그레 미소를 지었다. 도로시는 털북숭이 노인을 향해 돌아섰다. 딱딱하게 굳은 그녀의 얼굴에는 비난의 빛이 역력했다.

"당신은 마법사인가요? 아니면 변장한 요정인가요?"

도로시가 따져 물었다.

"저에게 버터필드로 가는 길을 물었을 때, 당신이 마법을 걸었군요?"

털북숭이 노인은 고개를 저었다.

"나처럼 털이 많은 요정이 있다는 말을 들은 적이 있니?

도로시, 이 여행은 절대로 내가 시작한 것이 아니란다. 내 말을 믿으렴. 사랑의 자석을 가지게 된 이후부터 내 주위에는 항상 이상한 일이 일어나곤 했지. 하지만 나도 너만큼이나 그 일이 왜 일어나는지 모르고 있단다. 너를 집에서 멀리 떨어진 곳으로 데려갈 생각은 전혀 없었어. 만약 네가 농장으로 돌아가는 길을 찾고 싶다면, 나는 기꺼이 너와 함께 다니면서 최선을 다해 너를 도와주겠다.”

“걱정하지 마세요.”

어린 소녀가 노인을 위로했다.

“사실 캔자스는 여기처럼 볼거리가 많지 않아요. 게다가 엠 아주머니도 그다지 걱정하지 않으실 거예요. 제가 너무 오랫동안 이곳에 머물지만 않는다면 말이죠.”

“그 말이 맞아.”

여우 왕이 고개를 끄덕였다.

“그대들이 현명하다면, 이런 일이 일어난 것을 오히려 기뻐해야 할 거야. 그런데 이 모험에는 새로운 친구가 한 명 생긴 것 같구나. 아주 머리가 반짝반짝 빛나게 생긴 친구로군.”

“맞습니다.”

도로시가 대답하자, 털북숭이 노인이 덧붙여 말했다.

“폐하, 그의 이름이 바로 빛나는 단추입니다.”

독스 왕

　빛나는 단추를 이리저리 훑어보는 독스 왕의 얼굴에는 참으로 미묘한 표정이 떠올랐다. 독스 왕은 소년이 쓰고 있는 선원 모자에서부터 뭉툭한 신발까지 샅샅이 훑어보았다. 이 세상 어떤 여우도 이렇게 순진하고 아름다운 어린 소년의 얼굴을 본 적이 없었을 것이다. 마찬가지로 이 세상 어떤 소년도 여우가 말을 하는 것을 들어보거나, 이렇게 멋진 옷을 차려입고 커디란 도시를 다스리는 여우를 만난 적은 없었다. 이런 말을 해서 유감스럽지만, 사실 어린 소년들이 요정의 나라에 대해 이야기를 하는 것조차 드문 일이다. 그러니 이런 신기한 경험을 한 빛나는 단추가 얼마나 놀랐는지는 쉽게 짐작이 갈 것이다.

　"네가 보기에 우리가 어떠냐?"

　왕이 물었다.

　"잘 모르겠어요."

빛나는 단추가 대답했다.

"물론 그렇겠지. 서로 안 지 얼마 되지 않았으니까 말이야. 내 이름이 뭔지 아느냐?"

"몰라요."

"그렇지. 당연하지. 좋아, 그럼 말해주겠다. 내 이름은 독스란다. 하지만 왕의 이름은 함부로 부르는 것이 아니야. 왕은 언제나 공식적인 직함으로 불려야만 하니까 말이야. 내 공식적인 직함은 레너드 4세란다. 이 직함을 부를 때에는 언제나 '레'를 강하게 발음해야 해."

"레가 뭔데요?"

빛나는 단추가 물었다.

"넌 정말 똑똑하구나!"

왕은 만면에 만족한 미소를 지으며 신하들을 돌아보았다.

"이 소년은 참으로 특별히 똑똑하오. 레가 뭐냐고 묻지 않았소? 물론 레는 아무런 뜻도 없지. 그냥 레일 뿐이야. 참으로 똑똑한 소년이군."

"저 아이의 질문은 폐하를 뭐라고 불러야 할지 묻는 것 같습니다."

신하들 중에서 늙은 회색 여우가 말했다.

"그렇다면 이제 내 이름을 알았으니, 나를 뭐라고 불러야겠느냐?"

왕은 빛나는 단추를 향해 몸을 돌리며 물었다.

"독스 왕이오."

소년이 대답했다.

"왜지?"

"레는 아무것도 아니라면서요."

"훌륭해! 아주 훌륭해! 너는 아주 명석한 두뇌를 가진 게 분명하다. 그렇다면 2 더하기 2가 왜 4가 되는지 알고 있니?"

"아니요."

빛나는 단추가 말했다.

"똑똑해! 정말 똑똑해! 물론 모르는 게 당연하지. 그 이유를 아는 사람은 아무도 없어. 그저 2 더하기 2는 4니까 4라고 하는 거지. 그 이유는 말할 수 없는 거란다. 그런데 빛나는 단추야, 너의 그 곱슬머리와 푸른 눈동자는 너처럼 지혜로운 사람에게는 별로 어울리지가 않는구나. 그 때문에 네가 너무 어려 보여. 너의 똑똑함이 감춰지는구나. 그러니 내가 너에게 특별히 커다란 은총을 내려서 여우의 머리를 선물해주고 싶다. 앞으로는 너의 참모습과 어울리는 얼굴을 갖게 될 거야."

이렇게 말한 왕은 소년의 머리 위로 앞발을 흔들었다. 그러자 순식간에 소년의 아름다운 곱슬머리와 통통하고 순진한 얼굴, 크고 푸른 눈동자가 사라지고 여우의 머리가 나타났다. 빛나는 단추의 어깨 위에는 뾰족한 귀와 날카로운 주둥이, 작고 예리한 눈이 달린 털북숭이 머리가 달랑 놓여 있었다.

“오, 그러면 안돼요!”

도로시가 비명을 지르며 뒤로 물러섰다. 눈 깜짝할 사이에 변해버린 친구의 모습을 보고 무척 겁에 질리고 놀란 표정이었다.

“이미 늦었구나. 벌써 변해버렸는걸. 만약 너희들이 빛나는 단추만큼 똑똑하다는 걸 입증한다면 너희들에게도 여우의 머리를 내려주겠다.”

“전 싫어요. 끔찍해요!”

도로시가 소리를 질렀다. 이 소리를 듣자, 빛나는 단추는 마치 아직도 어린 소년인 것처럼 우우하고 울부짖기 시작했다.

“너는 이렇게 사랑스러운 머리를 왜 끔찍하다고 하는 거냐?”

왕이 물었다.

“내가 보기에는 이전보다 훨씬 더 아름다운 얼굴인데 말이다. 내 아내는 항상 내가 훌륭한 심미안을 갖고 있다고 말했지. 여우 소년아, 울지 말아라. 명랑하게 웃으면서 네 자신을 자랑스럽게 생각하렴. 너는 커다란 은총을 입었으니까 말이다. 빛나는 단추야, 너는 너의 새 머리가 마음에 드니?”

“잘-잘-잘 모-모-모르겠어요!”

소년이 훌쩍거리며 대답했다.

“폐하, 제발 그의 머리를 다시 돌려주세요.”

도로시가 간청했다.

"그럴 수는 없다."

레너드 4세가 고개를 저었다.

"설사 그렇게 하고 싶어도 나에게는 그럴 힘이 없어. 아니다. 빛나는 단추는 여우 머리를 하고 있어야만 해. 이 머리에 익숙해지면, 빛나는 단추도 금방 이 머리를 좋아하게 될 것이다."

털북숭이 노인과 도로시는 몹시 어둡고 근심스러운 표정이 되었다. 어린 친구에게 닥친 불행 때문에 가슴이 아팠기 때문이었다. 자신의 친구가 여우로 변해버렸다는 사실을 모르는 토토는 빛나는 단추를 향해 짖어댔다. 도로시는 토토를 나무라며 더 이상 짖지 못하게 했다. 여우들로 말하자면, 그들은 모두 빛나는 단추의 새로운 머리가 썩 잘 어울린다고 생각하는 것 같았다. 그들의 왕이 나이 어린 이방인에게 참으로 커다란 은총을 베풀어주었다고 굳게 믿는 눈치였다.

뾰족한 코와 넓은 주둥이를 한참 손으로 더듬어보던 소년이 또다시 서럽게 울기 시작했다. 우스꽝스럽게 귀를 쫑긋대며 작고 검은 눈동자에서 눈물을 줄줄 흘리는 모습은 무척 우스웠다. 하지만 도로시는 차마 그 모습을 보고 웃음이 나오지 않았다. 친구가 불쌍했기 때문이었다.

바로 그때 왕의 딸들인 여우 공주 세 명이 들어왔다. 그리고 빛나는 단추를 보자, 한 공주가 탄성을 질렀다.

“어쩌면 이렇게 사랑스러울 수가!”

다른 공주도 기쁨에 가득 찬 목소리로 말했다.

“너무나 잘생겼어!”

세번째 공주는 큰소리로 박수를 치며 좋아했다.

“얼마나 아름다운지 몰라!”

이 말을 들은 빛나는 단추는 울음을 뚝 그치고 수줍게 물었다.

“제가요?”

“이 세상에서 너처럼 예쁜 얼굴은 없어.”

제일 큰 공주가 단언했다.

“우리와 항상 같이 살자. 우리 동생이 되는 거야.”

두번째 공주가 말했다.

“우리는 진심으로 너를 사랑해줄 거야.”

세번째 공주가 덧붙였다. 이런 칭찬을 듣자, 소년은 마음이 누그러졌다. 그래서 주위를 둘러보며 미소를 지으려고 애를 썼다. 참으로 안타까운 노력이었다. 새로 만들어진 여우의 얼굴은 아직 낯설고 딱딱하게 굳어 있었기 때문이었다. 도로시는 그의 표정이 여우로 변하기 전보다 훨씬 더 멍청하게 보인다고 생각했다.

“이제 저희들은 가는 것이 좋겠습니다.”

털북숭이 노인이 조심스럽게 입을 열었다. 여우 왕이 다음에는 그의 머리를 여우로 바꾸어 놓을지도 모르는 일이었기 때문이다.

"아직은 떠나지 마시오. 부탁이오."

레너드 4세가 간청했다.

"여러분들의 방문을 기념하여 며칠 동안 성대한 연회를 베풀고 흥겨운 여흥도 즐길 생각이오."

"저희가 떠난 다음에 하세요. 저희들은 그렇게 오랫동안 기다릴 수가 없습니다."

도로시가 단호하게 거절했다. 하지만 여우 왕의 안색이 불쾌하게 변하는 것을 보자, 재빨리 한마디 덧붙였다.

"오즈마 공주를 만난다면, 폐하를 연회에 초대하라고 부탁할 겁니다. 그러려면 가능한 빨리 공주를 만나야 해요."

폭스빌의 도시가 아무리 훌륭하고 주민들이 아무리 화려하고 사치스러운 옷을 입고 있다고 해도, 도로시와 털북숭이 노인은 마음이 편하지 않았다. 그러므로 한시라도 빨리

떠나고 싶은 마음뿐이었다.

"적어도 오늘 저녁은 안된다."

왕이 말했다.

"어쨌든 내일 아침까지는 이곳에 머물도록 하라. 나는 여러분들을 저녁 식사에 초대할 것이다. 그런 다음에는 극장 로열석에 앉아 관람을 하도록 하라. 내일 아침이 되어 그대들이 떠나기를 원한다면, 그때는 출발해도 좋다."

도로시와 노인은 이 제안이 마음에 들었다. 하인 여우들이 그들을 궁전 내에 있는 아름다운 방으로 인도했다.

빛나는 단추는 혼자 남겨지는 것을 무서워했기 때문에 도로시는 그를 자신의 방으로 데리고 갔다. 하녀 여우가 약간 헝클어진 도로시의 머리를 빗겨주고 아름답고 산뜻한 색깔의 리본을 달아주었다. 또 다른 하녀 여우는 빛나는 단추의 얼굴과 머리에 난 털을 정성들여 솔로 손질해주고 뾰족한 양쪽 귀에 분홍색의 나비 넥타이를 달아주었다. 하녀들은 다른 여우들이 입고 있는 것처럼 깃털로 짠 화려한 옷을 입혀주려고 했다. 하지만 두 사람 모두 원하지 않았다.

"선원복에 여우 머리는 어울리지 않습니다."

하녀들 중에 한 사람이 말했다.

"지금까지 여우들 중에 선원복을 입은 여우는 하나도 없었어요."

"나는 여우가 아니에요."

빛나는 단추가 울음을 터뜨렸다.

“물론 아니죠.”

하녀가 고개를 끄덕였다.

“하지만 이 앙상한 어깨 위에 달려 있는 것은 여우 머리가 틀림없어요. 당신 모습은 거의 여우만큼이나 훌륭하게 보이는걸요.”

자신의 불행한 처지를 다시 떠올린 소년은 더욱 서럽게 울었다. 도로시는 빛나는 단추의 어깨를 두드리며 위로를 해주었다. 그리고 그의 머리를 다시 되찾을 수 있는 방법을 꼭 찾아보겠다고 약속했다.

“오즈마 공주만 다시 만날 수 있다면 공주는 눈 깜짝할 사이에 네 머리를 다시 되돌려 놓을 수 있을 거야. 그러니 되도록 편안한 마음으로 그 여우 머리를 쓰고 다니렴. 전혀 걱정할 것 없어. 여우들이 뭐라고 말을 하든 간에, 사실 여우 머리는 네 진짜 머리만큼 멋지지 않아. 하지만 한동안은 참아줄 수 있지? 그렇지?”

“몰라.”

빛나는 단추가 의심스러운 듯이 고개를 저었다. 하지만 더 이상 울지는 않았다.

도로시는 하녀들이 어깨에 리본을 꽂도록 내버려두었다. 잠시 후에 그들은 왕의 저녁 만찬에 참석할 준비를 다 갖추었다. 도로시는 왕궁의 웅장한 식당에서 털북숭이 노인을 다시 만날 수 있었다. 노인의 모습은 전혀 달라진 곳이 없었다. 털옷을 갈아입지 않겠다고 거절했던 것이다. 만약 옷을 갈아입는다면 그는 더 이상 털북숭이 노인이 될 수 없으며, 새옷에 익숙해져야 하는 것이 싫다는 이유였다.

여우 신하들이 낯선 이방인들과 함께 식사를 하기 위해 모여들었다. 그들은 가장 멋지고 화려한 옷을 차려입고 있었기 때문에, 도로시의 수수한 원피스와 빛나는 단추의 선원복 그리고 털북숭이 노인의 털옷은 너무 평범하게 보였다. 그렇지만 그들은 손님으로서 깍듯한 대접을 받았으며 왕의 만찬은 아주 즐거운 식사가 되었다.

알다시피 여우들은 닭고기와 그밖의 새요리를 무척 좋아했다. 그러므로 제일 먼저 닭고기 수프가 나오고 불에 구운 칠면조 요리와 오리 스튜, 튀긴 거위 요리, 끓인 메추라기 요리와 거위 파이 등이 줄을 이었다. 요리 솜씨가 아주 뛰어났기 때문에 왕의 손님들은 다양한 요리들을 맛있고 즐겁게 실컷 먹었다.

식사가 끝나자, 모두들 극장으로 갔다. 그곳에서 눈부시게 알록달록한 깃털 옷을 입은 여우들이 벌이는 연극을 보았다. 그 연극은 사악한 늑대에게 붙잡혀서 동굴로 끌려간 여우 소녀에 대한 이야기였다.

늑대들이 여우를 막 잡아먹으려고 할 때, 여우 군대가 행진을 하며 쳐들어와서 여우 소녀를 구하고 사악한 늑대들을 모두 해치운다는 줄거리였다.

“연극은 어떠냐?”

연극을 보며 왕이 도로시에게 물었다.

"꽤 훌륭해요. 이걸 보니 이솝 우화가 생각나는군요."

"제발 내 앞에서 이솝이란 이름을 꺼내지 마라. 나는 그 이름을 증오한단다. 그자는 여우에 대해 많은 이야기를 썼지만, 항상 우리를 잔인하고 못된 짐승으로 그렸지. 네가 보다시피 우리는 이렇게 점잖고 상냥한데 말이다."

"하지만 이솝 우화는 여우들이 다른 어떤 동물들보다도 똑똑하고 영리한 것으로 묘사하고 있습니다."

털북숭이 노인이 아는 척을 했다.

"그건 사실이오. 인간들보다 우리의 지혜가 더욱 뛰어나다는 것은 의심의 여지가 없지."

왕은 거드름을 피우며 대답했다.

"하지만 우리는 우리의 지혜를 나쁜 곳에 쓰기보다는 좋은 일에 쓰고 있소. 그런데 그 끔찍한 이솝은 자신이 무슨

이야기를 하고 있는지조차 모르고 있었던 거야.”

그들은 여우 왕의 주장에 굳이 맞서고 싶지 않았다. 어쨌든 사람보다는 여우가 여우의 습성을 더 잘 아는 것이 당연한 일이라고 생각되었기 때문이었다. 그러므로 그들은 아무 말 없이 연극을 구경했다. 특히 빛나는 단추는 연극에 푹 빠져서 그 순간만큼은 자신의 여우 머리에 대해서조차 까맣게 잊어버릴 정도였다.

연극이 끝나자, 그들은 다시 왕궁으로 돌아와서 깃털이 채워진 부드러운 침대에서 잠을 잤다. 여우들은 식용으로 수많은 새와 닭들을 키우고 있으며 그 깃털로는 옷을 만들거나 이불을 만들었던 것이다.

도로시는 폭스빌에 사는 여우들이 왜 야생 여우들처럼 털이 난 가죽을 그대로 드러내고 다니지 않는지 궁금했다. 도로시가 그것을 물어보자, 독스 왕은 자신들은 똑똑한 여우들이기 때문에 옷을 입고 다닌다고 대답했다.

“하지만 여우들은 원래 옷을 입지 않게 되어 있잖아요. 제가 보기에는 옷이 필요 없을 것 같은데요.”

“인간들 또한 원래 태어날 때에는 옷을 입지 않았지.”

여우 왕이 대답했다.

“그들이 문명을 이루기 전까지는 자연 그대로 벌거벗고 다녔어. 하지만 문명이라는 것은 곧 섬세하고 아름답게 옷을 입는다는 것을 의미한단다. 그러므로 이웃이 부러워하고 질투할 만큼 멋진 옷차림을 뽐내야만 하는 거야. 그런 이유 때문에 문명화된 여우나 문명화된 인간들은 옷을 차려입는 일에 그토록 많은 시간과 정성을 들이는 것이지.”

“저는 아닙니다.”

털북숭이 노인이 말했다.

“그건 그렇소.”

왕이 노인을 유심히 쳐다보며 말했다.

“아마도 당신은 문명을 덜 깨친 모양이오.”

깊은 잠을 자며 편안한 밤을 보낸 그들은 왕과 함께 아침 식사를 먹으며 작별 인사를 올렸다.

“폐하께서는 저희에게 무척 친절하게 대해주셨어요. 가엾은 빛나는 단추만 빼놓고요. 폭스빌에서 정말 즐거운 시간을 보냈습니다.”

도로시가 말했다.

“그렇다면 오즈마 공주의 생일 연회에 나를 꼭 초대하도록 말해주렴.”

“노력할게요. 그 전에 오즈마를 만난다면요.”

“이 달 21일이다. 잊지 말거라.”

독스 왕이 다시 한번 말했다.

“만약 내가 초대된다면, 나는 죽음의 사막을 가로질러서 신기한 오즈의 나라로 갈 수 있는 길을 찾아보겠다. 나는 항상 에메랄드 시에 가보고 싶었다. 오즈마 공주의 친구인 네가 이곳에 온 것은 정말 커다란 행운이야. 나를 연회에 초대받도록 해줄 수 있으니까 말이다.”

"오즈마를 만나면 폐하를 초대하라고 부탁할게요."

도로시는 다시 한번 약속했다. 여우 왕은 그들을 위해 훌륭한 도시락을 준비해주었다. 털북숭이 노인은 그것을 주머니 속에 넣었다. 여우 대장은 그들을 처음 들어왔던 그 둥근 아치문 앞까지 호위해주었다. 이곳에는 예전보다 더 많은 병사들이 길을 지키고 있었다.

"적이 쳐들어올까봐 걱정하고 있나요?"

도로시가 물었다.

"아니다. 우리는 스스로를 충분히 보호하고 지킬 수 있으니까 말이야. 하지만 이 길은 다른 마을로 이어지는데, 그곳에는 몸집이 크고 우둔한 짐승들이 우글거리고 있단다. 만약 우리가 그들을 두려워한다고 생각한다면, 그들은 말썽을 일으킬지도 몰라."

"어떤 짐승인가요?"

노인이 물었다. 대장은 잠시 대답을 망설이더니 마침내 알려주었다.

"그 도시에 도착하면 그들에 대해 잘 알게 될 겁니다. 하지만 미리 겁을 먹거나 두려워하지 마십시오. 빛나는 단추는 아주 머리가 좋은데다가 이제 명석해 보이는 머리까지 얻었으니 틀림없이 여러분들을 보호해줄 겁니다."

이 말을 들은 도로시와 털북숭이 노인은 오히려 마음이 불안해졌다. 여우 대장처럼 빛나는 단추의 머리에 대해 커다란 신뢰감을 가질 수가 없었기 때문이다. 그런데 대장은 더 이상 그 짐승들에 대해 이야기를 하지 않으려고 했다.
그들은 작별 인사를 하고 여행을 계속했다.

5
무지개의 딸

　이제 도로시는 토토가 마음껏 돌아다닐 수 있도록 땅에 놓아주었다. 다시 자유로운 몸이 된 토토는 무척 기뻐하며 괜히 새들을 향해 짖거나 나비를 쫓아다녔다. 주위의 풍경은 그림처럼 아름다웠다. 들꽃이 만발하고 무성한 나무들이 서 있는 비옥한 들판에는 여전히 집이라고는 찾아볼 수 없었다. 근처에는 아무도 살고 있지 않은 것 같았다.

　새들은 푸른 하늘을 날아다니고 영리한 흰토끼는 웃자란 풀숲 사이나 덤불 사이를 쏜살같이 뛰어다녔다. 도로시는 심지어 자신보다 훨씬 큰 씨앗을 입에 물고 길 위를 열심히 기어다니고 있는 개미까지 발견할 수 있었다. 하지만 사람은 그림자조차 얼씬하지 않았다.

　그들은 한두 시간 정도 부지런히 걸어갔다. 나이 어린 빛나는 단추조차도 전혀 지치는 기색 없이 곧잘 따라왔다. 마침내 그들이 길모퉁이를 돌아섰을 때, 참으로 이상한 광경이 눈앞에 펼쳐졌다.

요정처럼 아름답고 신비롭게 생긴 한 소녀가 투명하고 하늘하늘한 옷을 입고 한적한 길 가운데서 우아하게 춤을 추고 있는 것이었다. 천천히 몸을 이쪽 저쪽으로 돌릴 때마다 그녀의 자그마한 발은 반짝반짝 빛을 발했다. 그녀는 아주 가늘고 섬세한 옷감으로 만든 나풀나풀한 옷으로 온몸을 감싸고 있었다. 도로시는 마치 거미줄로 짠 옷 같다는 생각이 들었다. 다만 소녀가 입고 있는 옷은 연한 보라색과 분홍색, 초록색, 올리브색, 하늘색, 흰색 등으로 곱게 물을 들였을 뿐이었다. 그 아름다운 색깔 하나하나는 다른 색깔과 자연스럽게 뒤섞여 있었다. 눈부신 금발의 머리카락은 풍성한 구름처럼 바람에 휘날리고 있었는데, 핀이나 리본 따위는 하나도 달지 않은 채 자유롭게 풀어헤쳐 놓았다.

놀라움에 사로잡힌 우리 친구들은 조심스럽게 가까이 다가가서 이 환상적인 춤을 지켜보았다. 소녀는 도로시보다 더 가냘프게 보였지만 키는 거의 비슷한 것 같았다. 나이도 도로시 또래처럼 보였다.

그런데 갑자기 소녀가 춤추던 동작을 멈추었다. 비로소 낯선 사람들이 지켜보고 있다는 사실을 깨달은 모양이었다. 소녀는 겁에 질리고 수줍음에 가득 찬 표정으로 그들을 바라보더니 마치 당장이라도 날아갈 듯이 한쪽 발로 우뚝 섰다.

도로시는 소녀의 보랏빛 눈동자에서 수정 같은 눈물 방울이 떨어져 사랑스러운 장밋빛 뺨 위로 흘러내리는 것을 보고 깜짝 놀랐다. 그토록 우아한 춤을 추면서 동시에 눈물을 흘린다는 것은 충격적인 일이 아닐 수 없었다. 도로시는 부드럽고 다정한 목소리로 물어 보았다.

"너는 행복하지 않은 모양이구나?"

"전혀! 나는 길을 잃었어."

소녀가 대답했다.

"그래? 우리도 마찬가지야. 그렇지만 울지는 않는데."

도로시가 미소를 지었다.

"울지 않는다고? 왜 울지 않는 거지?"

"전에도 길을 잃어본 적이 있거든. 하지만 언제나 다시 집을 찾았어."

도로시가 순진하게 대답했다.

"나는 한번도 길을 잃어본 적이 없어. 그래서 무척 두렵고 무서워."

아름다운 소녀가 중얼거렸다.

"그런데 너는 춤을 추고 있었잖아."

도로시가 영문을 알 수 없다는 듯이 고개를 갸웃거렸다.

"오, 그건 단지 몸을 따뜻하게 하기 위해서야."

소녀가 재빨리 대답했다.

"분명히 말하지만 행복하거나 즐거워서 그랬던 것은 아니란다."

도로시는 소녀를 좀더 자세히 살펴보았다. 얇고 하늘하늘

한 소녀의 옷은 별로 따뜻해 보이지 않았다. 그렇지만 날씨도 추울 정도는 아니었다. 오히려 화창한 봄날처럼 따스하고 온화한 날씨였다.

"너는 누구니?"

도로시가 물었다.

"나는 폴리크롬이야."

"폴리……뭐라고?"

"폴리크롬. 나는 무지개의 딸이야."

"이런!"

도로시가 입을 딱 벌렸다.

"무지개에게 딸이 있는 줄 몰랐는걸. 하지만 네가 그 말을 하기 전에 진작 알아차렸어야 했는데. 너는 누가 보아도 무지개의 딸처럼 보이거든."

"왜 그렇지?"

플로크롬은 도로시의 말에 무척 놀란 것 같았다.

"너무나 아름답고 사랑스럽기 때문이야."

소녀는 다시 눈물을 흘리며 미소를 지었다. 그리고 도로시에게 가까이 다가오더니 가냘픈 손가락을 도로시의 통통한 손 위에 올려놓았다.

"내 친구가 되어주겠니? 응?"

소녀는 애원하듯이 말했다.

"되어주고말고."

"네 이름은 뭐지?"

"나는 도로시야. 이쪽은 내 친구인 털북숭이 할아버지. 사랑의 자석을 가지고 다니시지. 그리고 이쪽은 빛나는 단추. 이 아이의 진짜 모습은 지금 볼 수가 없어. 여우 왕이 경솔하게도 이 아이의 머리를 여우 머리로 바꾸어 놓았거든. 하지만 진짜 빛나는 단추의 얼굴은 아주 귀엽고 예쁘단다. 나는 언젠가 이 아이의 머리를 다시 찾기를 바래."

무지개의 딸은 환한 얼굴로 고개를 끄덕였다. 더 이상 낯선 친구들을 두려워하지 않는 기색이었다.

"이건 누구지?"

무지개의 딸이 토토를 손으로 가리켰다. 토토는 도로시 앞에 얌전히 앉아서 힘껏 꼬리를 흔들며 최대한 잘 보이려고 애를 쓰고 있었다. 토토의 반짝거리는 두 눈은 아름다운 소녀에 대한 감탄의 빛이 가득했다.

"이것도 마법에 걸린 사람이니?"

"오, 아니야, 폴리. 참, 내가 너를 폴리라고 불러도 되겠니? 너의 이름을 전부 다 부르는 것은 너무 힘들구나."

"네가 원한다면 나를 폴리라고 불러도 좋아, 도로시."

"좋아, 폴리. 토토는 강아지야. 솔직히 말한다면 빛나는 단추보다도 더 영리하지. 나는 토토가 아주 자랑스러워."

"나도 마음에 들어."

폴리크롬은 토토의 머리를 부드럽게 어루만져 주었다.

"그런데 무지개의 딸이 어떻게 길을 잃고 이런 외진 곳까지 오게 되었을까?"

두 소녀가 주고받는 말을 조용히 듣고 있던 털북숭이 노인이 물었다.

"저희 아버지가 오늘 아침에 이곳으로 무지개를 내려보냈답니다. 무지개의 한쪽 끝이 이 길 위에 닿았죠. 저는 그 아름다운 무지개 위에서 춤을 추고 있었어요. 제가 가장 좋아하는 일이거든요. 그러다가 너무 멀리 밑에까지 내려와버렸지요. 갑자기 무지개 위에서 미끄러지더니 점점 더 빨리 떨어지기 시작했어요. 결국에는 땅 위에 털썩 엉덩방아를 찧고 말았죠. 바로 그때 아버지가 다시 무지개를 거두어버렸어요. 내가 이곳에 떨어진 것을 전혀 모르시고 말이죠. 얼른 다시 무지개 끝을 잡으려고 했지만, 무지개는 안개처럼 순식간에 사라져버리고 저만 홀로 이곳에 남게 된 거예요. 이 춥고 딱딱한 땅 위에서 어쩔 줄 모르고……."

"폴리, 나는 별로 추운 것 같지 않은데. 아마 네 옷이 너무 얇은가보다."

"나는 태양 가까운 곳에서 줄곧 살았어."

무지개의 딸이 대답했다.

"그래서 처음 이곳에 내려왔을 때에는 당장 얼어죽는 줄 알았단다. 열심히 춤을 추다보니 조금 몸이 따뜻해지더구나. 이제 어떻게 다시 집으로 돌아갈지 막막할 뿐이야."

"너희 아버지께서 네가 사라진 것을 알고 너를 찾지 않겠니? 그럼 다시 무지개를 내려보내 주실 거야."

"어쩌면 그럴지도 모르지. 하지만 아버지는 지금 무척 바

쁘셔. 지금 이 계절에는 비가 오는 곳이 많거든. 아버지는
수많은 다른 장소에 무지개를 내려보내야만 한단다. 도로
시, 혹시 내가 어떻게 해야 할지 알려줄 수 없겠니?"

"우리와 함께 가자."

도로시가 대답했다.

"나는 지금 에메랄드 시로 가는 길을 찾고 있는 중이야.
그곳은 오즈의 나라에 있거든. 에메랄드 시를 다스리는 공
주가 바로 내 친구인 오즈마야. 만약 그곳에 가게 되면, 오
즈마는 틀림없이 네 아버지가 있는 집으로 너를 돌려보내
는 방법을 알고 있을 거야."

"정말 그렇게 생각하니?"

폴리크롬이 걱정스럽게 물었다.

"그렇고말고."

"그럼 나도 너와 함께 갈래. 여행을 계속하면 몸을 따뜻하게 하는 데 도움이 될 거야. 게다가 아버지는 나를 찾아볼 시간만 있다면, 내가 이 세상 어느 곳에 있든지 나를 찾을 수가 있으니까 말이야."

무지개의 딸이 말했다.

"그럼 어서 가자."

털북숭이 노인이 기운찬 목소리로 말했다. 그들은 다시 길을 떠났다. 폴리는 한동안 도로시를 놓칠까봐 두려운 듯이 도로시의 손을 꼭 잡고 나란히 걸어갔다. 하지만 폴리는 입고 있는 얇은 옷처럼 본래 몸이 가볍고 잠시도 가만히 있지 못하는 모양이었다. 갑자기 앞으로 튀어나가더니 어지럽게 춤을 추면서 몸을 빙빙 돌렸다. 그리고는 두 눈을 별처럼 반짝거리며 만면에 미소를 띠고 그들이 있는 곳으로 사뿐사뿐 돌아왔다. 그럴 때 폴리는 길을 잃어버렸다는 걱정 따위는 모두 잊어버리고 평소처럼 행복하고 즐거운 기분에 잠겨 있었다. 그들은 폴리가 아주 매력적이고 사랑스러운 친구라는 사실을 알았다. 폴리의 매혹적인 춤과 은방울 같은 투명한 웃음소리는 그들의 기운을 돋구어주고 여행에 활기를 불어넣었다.

6

짐승들의 도시

정오가 되자, 그들은 여우 왕이 준비해준 점심 바구니를 열어보았다. 크랜베리 소스가 곁들여진 먹음직스런 칠면조 구이와 버터를 바른 빵 몇 조각이 들어 있었다. 그들은 길가의 푸른 잔디 위에 앉았다. 털북숭이 노인이 호주머니 칼로 칠면조 고기를 잘라서 한 조각씩 나누어주었다.

"혹시 이슬이나 안개 케이크 혹은 구름 과자 같은 것은 없니?"

폴리그롬이 사랑스러운 목소리로 물었다.

"그런 건 당연히 없지. 우리는 여기 땅 위에서 나는 단단한 음식을 먹거든. 하지만 차가운 홍차는 있는데, 그거라도 먹어보겠니?"

무지개의 딸은 빛나는 단추가 칠면조 다리 한쪽을 게걸스럽게 뜯어먹는 걸 지켜보았다.

"그게 맛있니?"

폴리가 물었다. 빛나는 단추는 대답도 없이 고개만 끄덕였다.

"내가 그걸 먹을 수 있을까?"

"내 고기는 절대로 안돼."

빛나는 단추가 칠면조 다리를 숨겼다.

"내 말은 네 고기 말고 다른 것 말이야."

"몰라."

"그래, 한번 먹어봐야겠다. 무척 배가 고프니까 말이야."

폴리는 단단히 결심을 하고 털북숭이 노인이 그녀를 위해 잘라준 하얀 칠면조 가슴살 한 조각과 버터 바른 빵을 집어 들었다. 칠면조 고기를 맛본 폴리크롬은 그런 대로 먹을 만하다고 생각했다. 심지어 안개 케이크보다도 맛있다고 여겨질 정도였다. 하지만 그녀가 먹은 것은 배고픔을 달래기에는 너무나 적은 양이었다. 폴리는 차가운 홍차를 한 모금 마시는 것으로 식사를 끝냈다.

"파리도 그거보다는 더 많이 먹을 거야."

배가 터지도록 실컷 먹고 난 도로시가 한마디 했다.

"하긴 오즈에는 전혀 아무것도 먹지 않고 사는 사람도 있으니까."

"그 사람들이 누구지?"

털북숭이 노인이 물었다.

"짚으로 속을 채운 허수아비와 양철로 만든 나무꾼이에요. 그들은 전혀 배고픔을 몰라요. 그러니까 아무것도 먹는

법이 없죠."

"그런데도 살아 있단 말이야?"

빛나는 단추가 물었다.

"그래. 게다가 아주 똑똑하고 상냥하단다. 우리가 오즈에
도착하게 되면, 그들을 소개시켜줄게."

"우리가 정말로 오즈에 도착할 수 있을까?"

털북숭이 노인이 차가운 홍차를 한 모금 마시며 물었다.

"저도 잘 모르겠어요."

도로시가 진지하게 대답했다.

"지금까지는 제가 길을 잃게 되면 결국에는 항상 오즈의
나라로 가게 되었거든요. 어떤 식으로든 말이에요. 그러니
까 이번에도 가게 될 거라고 믿는 거지요. 반드시 약속할
수는 없지만 말이죠. 제가 할 수 있는 일이라고는 믿고 기
다리는 것뿐이에요."

"허수아비가 무섭니?"

빛나는 단추가 물었다.

"아니야. 너는 까마귀가 아니니까 허수아비를 무서워할
필요가 없어. 허수아비처럼 다정하게 미소짓는 사람은 한
번도 본 적이 없을 거야. 비록 얼굴 위에 그려진 것이기 때
문에 언제나 미소짓지 않을 수 없기는 하지만."

점심 식사가 끝나자, 그들은 다시 여행을 시작했다. 털북
숭이 노인과 도로시와 빛나는 단추는 나란히 어깨를 마주
하고 그저 걷기만 했다. 무지개의 딸은 그들 앞에서 즐겁게

춤을 추며 갔다.

때로는 너무나 빨리 앞서 나갔기 때문에 모습이 보이지 않을 때도 있었다. 그때마다 폴리는 은방울 같은 웃음을 터뜨리며 발끝으로 사뿐사뿐 그들에게 돌아왔다. 그런데 한 번은 아무 소리도 내지 않고 가만히 돌아와서 말했다.

"저기 도시가 있어."

"그럴 거라고 생각했어. 여우 나라 사람들이 우리에게 도시가 나타날 거라고 말했거든. 그곳에는 멍청한 짐승들이 우글거린대. 하지만 우리를 해치지는 않을 테니까 두려워할 필요는 없어."

도로시가 말했다.

"잘됐어."

빛나는 단추가 말했다. 폴리크롬은 잘된 일인지 아닌지 알 수가 없었다.

"아주 큰 도시야. 이 길은 곧장 그 도시를 향해 이어지고 있어."

폴리크롬은 불안한 표정이었다.

"걱정하지 마라."

털북숭이 노인이 안심을 시켰다.

"사랑의 자석을 몸에 지니고 있는 한, 살아 있는 것들은 모두 나를 좋아하게 되어 있단다. 그리고 우리 친구들 중에 한 명이라도 해를 입는다면 내가 가만히 있지 않겠다."

이 말을 듣자, 모두들 마음이 놓였다. 그들은 다시 힘차게 걸어갔다. 잠시 후에 표지판이 나타났다.

〈던키톤(DUNKITON)까지 반 마일〉(당나귀(donkey)와 소리가
비슷함—역주)

"이런, 만약 이곳이 당나귀들의 나라라면 전혀 걱정할 일
이 없겠는걸."

"혹시 발길질을 할지도 몰라요."

도로시가 걱정했다.

"그럼 나뭇가지를 좀 꺾어다가 행실을 고쳐주지."

노인이 대답했다. 그리고 당장 제일 먼저 눈에 띄는 나무
에서 가늘고 긴 가지를 꺾었다. 다른 일행들은 좀더 짧은
나뭇가지를 꺾어 들었다.

"겁먹지 말고 짐승들에게 호통을 치렴. 그럼 말을 듣게
되어 있단다."

노인이 충고를 했다. 얼마 지나지 않아, 그들은 도시로
들어가는 문 앞에 도착했다. 도시 주위는 높고 하얀 벽으로
둘러싸여 있었다. 우리 친구들이 성문 앞에 도착했을 때,
문은 빗장도 없이 활짝 열려 있었다. 성 안에는 뾰족한 탑
이나 첨탑 혹은 둥근 지붕 따위도 보이지 않았다. 우리 친
구들이 가까이 다가갔지만 살아 있는 것이라고는 전혀 찾
아볼 수가 없었다.

그들이 용기를 내어 성문 안으로 들어섰을 때, 갑자기 천
둥이 치듯이 요란한 소리가 들려오기 시작하더니 온 사방

으로 울려퍼졌다. 그 시끄러운 소리 때문에 거의 귀가 먹을 지경이었다. 그들은 손가락으로 귀를 틀어막았다.

그것은 마치 수백 대의 대포가 일제히 포탄을 발사하는 것 같았다. 다만 대포알이나 로켓탄 따위가 날아오지 않을 뿐이었다. 혹은 하늘에 시커먼 구름만 보이지 않을 뿐, 엄청난 천둥이 한꺼번에 몰아치는 것 같았다. 또는 바다나 호수라고는 전혀 보이지 않았지만, 험한 바닷가에 성난 파도가 쉴새없이 부딪히는 것 같았다.

처음에 도로시와 친구들은 겁이 나서 한 발자국도 움직일 수가 없었다. 하지만 소리만 요란할 뿐, 더 이상 아무 일도 없는 것을 보고 회칠을 한 담 안으로 들어갔다. 그리고 곧 그 요란한 소음의 정체를 알아냈다. 성 안에는 수많은 구리판이나 양철 조각이 줄에 매달려 있었는데, 당나귀들이 한

줄로 서서 있는 힘을 다해 뒷발로 그 구리판을 걷어차고 있었던 것이다.

털북숭이 노인은 제일 가까이 있는 당나귀에게 재빨리 달려가서 손에 들고 있던 회초리로 당나귀를 때렸다.

"그만해!"

노인이 소리를 꽥 지르자, 당나귀는 구리판을 걷어차던 것을 당장 멈추고 휙 돌아서서 깜짝 놀란 표정으로 털북숭이 노인을 바라보았다. 노인은 계속해서 다른 당나귀의 등을 차례차례 때렸다. 당나귀들은 깜짝 놀라 동작을 멈추었다. 뒷발질이 멈춰지면서 그 끔찍했던 소리도 점차 수그러들었다. 당나귀들은 옹기종기 몰려서서 잔뜩 겁에 질린 눈으로 낯선 이방인들을 바라보았다.

"도대체 왜 그렇게 시끄러운 소리를 내는 거냐?"

털북숭이 노인이 호통을 쳤다.

"여우들에게 겁을 줘서 쫓아내려고요."

당나귀들 중에 하나가 조심스럽게 대답했다.

"이 소리를 들으면 여우들은 대개 겁을 먹고 재빨리 달아나곤 하거든요."

"우리는 여우가 아니야. 여기 여우가 어디 있다는 건가?"

털북숭이 노인이 말했다.

"죄송하지만 저희들 생각은 좀 달라요. 적어도 한 마리는 있다구요."

당나귀는 엉덩이를 바닥에 깔고 몸을 일으켜 세웠다. 그리고 앞발로 빛나는 단추를 가리켰다.

"저 여우가 오는 것을 보고 우리는 여우 군대가 우리를 공격하기 위해 진격해오는 거라고 생각했어요."

"빛나는 단추는 여우가 아니야. 그저 잠깐 동안 여우 머리를 쓰고 있는 것뿐이란다. 다시 본래 머리를 찾을 때까지만 말이야."

털북숭이 노인이 설명했다.

"그렇군요. 오해를 해서 미안하게 생각해요. 정말 그렇다면 걱정할 필요가 없겠군요."

당나귀는 왼쪽 귀를 씰룩거리며 고개를 끄덕였다. 다른 당나귀들은 이 낯선 사람들을 빙 둘러싸고 앉아서 투명하고 커다란 눈으로 열심히 바라보고 있었다. 그 모습은 참으로 이상했다. 당나귀들은 한결같이 목 주위에 넓고 하얀 칼라를 달고 있었는데, 칼라에는 부채 모양의 주름이 잔뜩 잡혀 있었다. 신사 당나귀들은 커다란 귀 사이에 끝이 뾰족하고 높은 모자를 쓰고 있었고, 숙녀 당나귀들은 양쪽 귀가 밖으로 나오도록 구멍이 뚫려 있는 햇빛 가리개 모자를 쓰고 있었다. 하지만 그것 외에는 아무 옷도 걸치지 않은 채, 털이 난 몸뚱이를 그대로 드러내고 있었다. 단지 앞발에 여러 개의 금팔찌와 은팔찌를 끼고 뒷다리 무릎에 서로 다른 종류의 금속 팔찌를 끼고 있을 뿐이었다.

당나귀들이 뒷발질을 할 때에는 앞발로 몸을 지탱하고 거꾸로 섰다. 하지만 지금은 모두 뒷발로 서거나 혹은 엉덩이를 대고 땅에 똑바로 앉아서 앞다리를 팔처럼 사용했다. 손이나 손가락이 없었기 때문에 당나귀들의 행동은 당연히 굼뜰 수밖에 없었다. 딱딱하고 무거운 발굽이 달린 앞발로 생각보다 많은 일을 훌륭히 해내는 것을 보고 도로시는 놀라움을 금치 못했다.

하얀 당나귀, 갈색 당나귀, 회색 당나귀, 검은 당나귀, 얼룩 당나귀 등 색깔은 여러 가지였지만 모두들 길고 매끄러운 털이 나 있었다. 그리고 넓은 칼라와 모자 때문에 조금 이상해 보이기는 했지만, 그런대로 깔끔하고 점잖은 인상을 풍겼다.

"그런데 자네들은 손님을 이런 식으로 맞이하는가?"

털북숭이 노인이 비난 어린 투로 말했다.

"오, 일부러 무례하게 대할 생각은 아니었습니다."

지금까지 아무 말도 하지 않았던 한 당나귀가 말했다.

"여러분들이 찾아오실 거라고는 생각하지도 못했어요. 미리 방문하겠다는 연락을 주시지도 않았잖아요. 원래는 그게 당연한 절차가 아닌가요?"

"그 말은 맞소."

털북숭이 노인도 당나귀의 말을 인정하지 않을 수 없었다.

"하지만 이제 우리가 아주 중요하고 유명한 여행자들이라는 사실을 알았으니, 그에 합당한 환대를 베풀어 주리라고 믿소."

이 거창한 말을 들은 당나귀들은 어깨가 으쓱해졌다. 그리고 털북숭이 노인을 향해 최대한 경의를 표하며 절을 했다. 이때 회색 당나귀가 입을 열었다.

"여러분들을 위대하시고 영광스러운 우리의 킥커브레이 대왕 폐하 앞으로 모시고 가겠습니다. 폐하께서는 여러분들의 존귀한 신분에 걸맞는 환대를 베풀어주실 것입니다."

"좋아요. 우리를 뭔가 알 만한 사람에게 데려가 주세요."

도로시가 대답했다.

"오, 꼬마 아가씨. 여기 있는 우리들도 알 만한 것은 다 알고 있단다. 그렇지 않으면 당나귀라고 할 수가 없지."

회색 당나귀가 위엄 있는 태도로 단언했다.

"너도 알겠지만, '당나귀'라는 말은 원래 '똑똑하다'는 뜻이거든."

"생전 처음 듣는 이야기군요. 나는 당나귀가 멍청하다는 뜻인 줄 알았는데."

"전혀 그렇지 않단다, 얘야. 던키돈 백과사전을 읽어보면 내 말이 맞다는 것을 알게 될 거야. 어쨌든 어서 폐하를 배알하러 갑시다. 내가 몸소 여러분들을 세상에서 가장 위대하시고 존귀하시고 현명하신 군주 앞으로 안내하겠습니다."

이곳의 당나귀들은 모두 거창한 말을 쓰는 것을 좋아했다. 그러므로 회색 당나귀가 이렇게 말하는 것도 별로 놀라운 일이 아니었다.

7

털북숭이 노인의 변신

　이 도시의 집들은 모두 나지막하고 네모난 벽돌집이었다. 그리고 집안이나 밖이나 하얗게 칠해져 있었다. 그런데 집들은 똑바로 뻗은 대로를 따라 한 줄로 나란히 세워져 있지 않고 여기저기에 아무렇게나 세워져 있었기 때문에, 이곳 지리에 어두운 사람들은 길을 찾기 어려웠다.

　"어리석은 종족들은 자기가 갈 곳을 찾기 위해 큰길을 만든다, 집에 번호를 붙인다, 하면서 법석을 떨지요."

　회색 당나귀가 입을 열었다. 그는 도로시 일행보다 조금 앞서서 두 발로 걸어가고 있었다. 그 모습은 상당히 신기하면서도 우스꽝스러웠다.

　"우리 영리한 당나귀들은 그런 이상한 표시가 없어도 길을 잘 찾는답니다. 게다가 이렇게 집들이 뒤섞여 있는 것이 쭉 뻗은 큰 길이 있는 것보다 훨씬 더 아름답지 않습니까?"

　도로시는 당나귀의 주장에 찬성할 수가 없었다. 하지만

반대 의견을 말하지도 않았다. 그때 한 집에 붙어 있는 표지판이 눈에 띄었다.

〈마담 드 페이크, 후피스트〉

도로시는 회색 당나귀에게 물었다.

"후피스트가 뭐죠?"

"발굽에 나타난 운명을 읽어주는 당나귀가 바로 후피스트란다."

회색 당나귀가 대답했다.

"아, 그렇군요. 여긴 참 놀라운 곳인가봐요."

"그렇고말고. 던키톤은 세계에서도 가장 문명이 발달된 중심 도시란다."

그들은 두 마리의 젊은 당나귀들이 열심히 벽에 흰 칠을 하고 있는 집 앞에 당도했다. 도로시는 잠시 걸음을 멈추고 그들을 지켜보았다. 그들은 물감 붓처럼 생긴 꼬리 끝을 하얀 물감통에 담근 다음, 집 벽에 대고 꼬리를 오른쪽 왼쪽으로 흔들었다. 그러면 벽에 하얀 칠이 칠해졌나.

당나귀들은 다시 꼬리를 물감통에 담그고 똑같은 동작을 되풀이했다.

"그거 참 재미있겠다."

빛나는 단추가 말했다.

"아니, 저건 노는 것이 아니라 일이란다."

늙은 당나귀가 대답했다.

"이곳의 젊은 당나귀들은 모두 벽을 칠하는 일을 하게 되어 있지. 쓸데없는 장난을 치지 못하도록 말이야."

"그럼 학교는 안 가나요?"

도로시가 묻자 그 당나귀가 대답했다.

"당나귀들은 원래 태어날 때부터 똑똑하단다. 그래서 우리에게 필요한 학교라고는 오직 경험의 학교뿐이야. 책은 아무것도 모르는 자들에게나 어울리는 물건이지. 그런 자들은 다른 사람들이 쓴 것을 보고 배워야만 하니까 말이야."

"원래 더 많이 안다고 생각하는 사람일수록 더 멍청하기 마련이지."

털북숭이 노인이 따끔하게 쏘아붙였다. 그러나 회색 당나귀는 노인의 말에 주의를 기울이지 않았다. 왜냐하면 입구에 한 쌍의 발굽과 당나귀 꼬리와 함께 조잡한 왕관과 왕홀이 그려진 집 앞에 도착했기 때문이었다.

"위대하신 킥커브레이 대왕 폐하께서 궁에 계신지 알아보겠소."

회색 당나귀는 고개를 들고 큰소리로 외쳤다.

"휘하우! 휘하우! 휘하우!"

깜짝 놀랄 만큼 커다란 목소리로 이렇게 세 번을 소리치더니 회색 당나귀는 몸을 돌려 뒷발로 대문을 걷어찼다. 한동안 안에서는 아무런 대답도 없었다. 그러나 잠시 후에 문이 빼꼼 열리더니 당나귀 한 마리가 머리만 불쑥 내밀고 그들을 바라보았다.

머리가 하얗고 귀가 크고 눈이 둥근 당나귀였다. 당나귀
는 아주 심각한 표정이었다.

"여우는 갔느냐?"

당나귀는 떨리는 목소리로 물었다.

"여우는 나타나지 않았습니다, 위대하신 폐하."

회색 당나귀가 대답했다.

"새로 도착한 자들은 단순한 여행자들로 밝혀졌습니다."

"그렇구나. 그들을 들여보내라."

대왕은 한시름 놓은 듯이 한숨을 쉬었다. 그리고 문을 활
짝 열어주었다. 그들은 커다란 방안으로 들어갔다. 도로시
는 이곳이 도저히 왕의 궁전 같지는 않다고 생각했다. 바닥
에는 풀을 엮어서 짠 매트가 깔려 있었고 모든 것이 깨끗하
고 깔끔했다. 하지만 당나귀 왕은 다른 가구나 장식물이라

고는 전혀 갖고 있지 않았다. 아마도 필요하지 않기 때문인 것 같았다.

당나귀 왕은 방 한가운데에 털썩 주저앉았다. 그러자 어린 갈색 당나귀가 커다란 황금 왕관을 가지고 달려와서 왕의 머리 위에 올려놓았다. 그리고 끝에 보석이 박힌 둥근 공이 달린 황금 지팡이를 똑바로 앉아 있는 왕의 앞발 사이에 끼워주었다.

"자, 이제 그대들이 왜 이곳에 왔는지 이야기하시오. 그리고 내가 그대들에게 어떻게 해주기를 원하는지도 말하시오."

당나귀 왕은 커다란 귀를 천천히 앞뒤로 흔들면서 말했다. 그리고 빛나는 단추의 여우 머리를 두려운 듯이 힐끔힐끔 쳐다보았다. 털북숭이 노인이 왕의 질문에 대답했다.

"던키톤의 고귀하시고 위대하신 군주시여."

털북숭이 노인은 엄숙한 표정을 짓고 있는 왕의 앞에서 웃음을 터뜨리지 않으려고 애를 쓰는 기색이 역력했다.

"우리 이방인들은 길을 잃고 지나다가 폐하의 도시로 오게 되었습니다. 단지 길이 이쪽으로 이어지고 있었고 달리 돌아갈 길이 없었기 때문이었습니다. 저희들이 원하는 것은 오직 폐하께 경의를 표하는 것뿐입니다. 세상에서 가장 현명하신 폐하께 인사를 드리고 계속해서 저희의 길을 가고 싶습니다."

털북숭이 노인의 공손하고 예의바른 말을 들은 왕은 대단히 마음이 흡족했다. 사실 너무나 흡족한 나머지 털북숭이 노인에게는 불행한 결과를 가져오게 되었다. 아마도 당나귀 왕의 마음을 움직인 데에는 털북숭이 노인의 아첨뿐만 아니라 사랑의 자석도 커다란 작용을 했을 것이다. 어찌됐든 당나귀 왕은 애정이 가득 담긴 눈으로 털북숭이 노인을 바라보았다.

"그렇게 멋지고 거창한 말을 할 수 있는 종족은 오직 당나귀들뿐인데, 그대는 한낱 인간의 몸으로 어찌 그렇게 현명하고 똑똑할 수가 있는가! 내 백성을 사랑하듯이 나 그대를 사랑하고 총애하여 그대에게 내가 줄 수 있는 가장 커다란 선물을 내리겠노라. 바로 당나귀의 머리이니라."

이렇게 말하면서 당나귀 왕은 보석이 박힌 지팡이를 휘둘렀다. 깜짝 놀란 털북숭이 노인이 비명을 지르며 뒤로 펄쩍 물러섰지만, 아무런 소용이 없었다. 순식간에 그의 머리는 사라지고 그 자리에는 당나귀 머리가 나타났다. 갈색의 털이 덥수룩한 노인의 모습을 보고 도로시와 폴리는 깔깔거리며 웃었다. 여우 머리를 한 빛나는 단추조차 빙그레 미소를 지었다.

"오, 세상에! 세상에!"

털북숭이 노인은 새로 생긴 머리와 긴 귀를 손으로 더듬으면서 울부짖었다.

"이런 불행한 일이! 이렇게 불행한 일이! 나를 조금이라도 총애한다면 내 머리를 다시 돌려주시오. 이 멍청한 왕같으니라고!”

“이 머리가 싫단 말인가?”

당나귀 왕은 깜짝 놀라 물었다.

“어이구! 끔찍하게 싫소! 당장 가져가시오! 당장!”

털북숭이 노인이 소리를 질렀다.

“하지만 나도 어쩔 수 없소. 나의 마법은 오직 한 가지 일만 할 수 있을 뿐이오. 당나귀 머리를 만들 수는 있지만, 다시 본래 모습으로 바꿀 수는 없소. 정 그렇게 소원이라면 진실의 연못을 찾아가서 그 물에 목욕을 하시오. 그럼 본래 머리를 되찾을 수 있을 테니까. 하지만 나는 그대가 그렇게 하지 않았으면 좋겠소. 지금 당신의 머리는 옛날 머리보다 훨씬 더 아름답소.”

“그건 취향의 문제겠죠.”

도로시가 끼여들었다.

“진실의 연못은 어디 있소?”

털북숭이 노인이 애절한 목소리로 물었다.

“오즈의 나라 어딘가에 있소. 하지만 정확한 위치는 나도 모르오.”

당나귀 왕이 대답했다.

“걱정하지 마세요, 할아버지.”

도로시가 위로했다. 우스꽝스럽게 쫑긋거리는 노인의 귀를 보며 웃음을 참느라 그녀의 얼굴은 새빨개졌다.

“진실의 연못이 오즈 나라에 있다면, 오즈에 도착했을 때

꼭 찾을 수 있을 거예요."

"오, 그대들은 오즈의 나라로 가고 있는 중인가?"

킥커브레이 왕이 물었다.

"잘 모르겠어요."

도로시가 대답했다.

"하지만 캔자스로 가는 것보다 오즈의 나라로 가는 것이 더 가깝다는 말을 들었거든요. 집으로 돌아가는 가장 빠른 방법은 오즈마 공주를 만나는 거예요."

"히이잉! 그렇다면 네가 그 위대한 오즈마 공주를 알고 있단 말이냐?"

당나귀 왕의 목소리에는 부러움과 놀라움이 가득했다.

"물론 알고말고요. 오즈마는 제 친구인걸요."

도로시가 자랑스럽게 말했다.

"그렇다면 내 부탁 하나만 들어주렴."

당나귀 왕은 흥분해서 어쩔 줄 몰랐다.

"뭐죠?"

"오즈마 공주의 생일 연회에 내가 초대받을 수 있도록 해 다오. 그 연회는 지금까지 환상의 나라에서 벌어진 왕실 행사 중에서 가장 성대하고 훌륭한 것이 될 거야. 나도 꼭 가 보고 싶다."

"히이잉! 당신은 나에게 이렇게 끔찍한 머리를 만들어주 고도 벌 대신에 선물을 받고 싶다는 거군!"

털북숭이 노인이 빈정거렸다.

“제발 히이잉! 하는 소리 좀 그만 냈으면 좋겠어요. 그때마다 등줄기가 서늘해지면서 차가운 한기가 느껴져요.”

폴리크롬이 간청했다.

“하지만 나도 어쩔 수 없구나. 내 당나귀 머리가 계속해서 콧소리를 내고 싶어하니까. 너의 여우 머리는 순간 순간 울부짖고 싶어하지 않니?”

털북숭이 노인이 빛나는 단추에게 물었다.

“잘 모르겠어요.”

소년은 털북숭이 노인의 커다란 귀에서 시선을 떼지 못하고 있었다. 소년의 눈에는 그것이 너무나 신기하고 흥미롭게 보였기 때문이었다. 소년은 잠시 자신의 서글픈 처지조차 잊어버렸다.

“어떻게 생각하니, 폴리? 내가 오즈마 공주의 연회에 당나귀 왕을 초대해주겠다고 약속해도 될까?”

도로시가 무지개의 딸에게 물었다. 잠시라도 가만히 있지 못하는 폴리는 방 주위를 나풀나풀 뛰어다니고 있었다.

“마음대로 하렴. 당나귀를 보면 오즈마 공주의 손님들도 즐거워할 거야.”

“저희에게 오늘밤 묵을 수 있는 잠자리와 저녁 식사를 제공해주신다면, 오즈마에게 폐하를 초대해달라고 부탁해보겠어요. 다행히 오즈에 도착한다면 말이죠.”

“잘됐어! 히이잉! 정말 잘됐어!”

킥커브레이는 기뻐서 어쩔 줄 몰랐다.

“그대들은 멋진 저녁 식사와 잠자리를 제공받게 될 것이
오. 그런데 어떤 음식을 좋아하나? 조개껍질에 담긴 잘 익
은 귀리? 아니면 밀기울 죽?”

“둘 다 싫어요.”

도로시가 퉁명스럽게 대답했다.

“그렇다면 그냥 건초가 좋겠군. 아니면 즙이 많은 신선한
풀이 좋을지도 몰라.”

킥커브레이는 이런 저런 궁리를 하며 혼자 즐거워했다.

“여기서 먹는 음식은 그게 다인가요?”

도로시가 물었다.

“그럼 그 이상 원하는 게 있느냐?”

“그럼요. 우리는 당나귀가 아니에요. 폭스빌에 있는 여우
들은 정말 맛있는 저녁 식사를 대접해주었는데……”

“나는 이슬과 안개 케이크를 먹고 싶어요.”

폴리크롬이 말했다.

“나는 사과와 햄 샌드위치가 좋겠어. 비록 머리는 당나귀
가 되었지만 내 배는 여전히 그대로니까 말이야.”

털북숭이 노인이 말했다.

“나는 파이가 먹고 싶어요.”

빛나는 단추가 한마디 덧붙였다.

“나는 비프스테이크와 초콜릿을 층층이 얹은 케이크가 제
일 맛있을 것 같아!”

도로시가 입맛을 다셨다.

“히이잉! 알았노라!”

당나귀 왕이 말했다.

“그대들은 모두 제각기 다른 것을 먹고 싶어하는 모양이군. 당나귀 이외에 살아 있는 모든 것들은 얼마나 이상한지 몰라!”

“당신 같은 당나귀야말로 세상에서 가장 이상한 당나귀예요!”

폴리크롬이 웃음을 터뜨렸다.

“좋아.”

당나귀가 고개를 끄덕였다.

“내 마법 지팡이를 사용하면 그대들이 원하는 것을 만들 수 있을 거야. 만약 맛이 없어도 그건 내 잘못이 아니다.”

이렇게 말한 당나귀 왕은 보석 공이 달린 지팡이를 휘둘렀다. 그러자 그들 앞에는 순식간에 식탁이 나타났다. 하얀 식탁보가 씌워진 식탁 위에는 예쁜 접시들이 놓여 있고 각자가 원하던 온갖 음식들이 차려저 있었다. 도로시가 원하던 비프스테이크에서는 아직도 뜨거운 김이 모락모락 피어오르고 있었고, 털북숭이 노인의 사과는 빨갛고 아주 먹음직스럽게 보였다.

당나귀 왕이 미처 의자까지 불러낼 생각을 하지 못했기 때문에, 도로시와 친구들은 그대로 서서 식탁을 둘러싼 채 배가 터지도록 음식을 먹었다. 몹시 배가 고팠던 터라 무엇이든지 무척 맛있었다. 무지개의 딸은 투명한 크리스털 접시 위에 세 방울의 조그마한 이슬이 놓여 있는 것을 발견했다. 빛나는 단추는 커다란 사과 파이 한 조각을 끌어안고 신나게 먹어댔다.

잠시 후에 왕은 가장 총애하는 하인인 갈색 당나귀를 불렀다. 그리고 손님들이 밤을 지낼 수 있도록 빈집으로 안내하라고 명령했다. 그 집에는 방만 하나 달랑 있을 뿐, 풀로 짠 매트 몇 장과 깨끗한 지푸라기 침대 이외에는 아무 가구도 없었다. 우리 친구들은 이 정도 방에도 만족했다. 당나귀 왕이 베풀 수 있는 최선의 것이기 때문이었다.

날이 어두워지자, 그들은 침대에 누워서 아침이 될 때까지 편안하게 잠을 잤다.

날이 밝았을 때, 끔찍한 소음이 도시 전체에 울려퍼졌다. 모든 당나귀들이 일제히 울어댔던 것이다. 이 소리를 듣고 잠에서 깨어난 털북숭이 노인도 있는 힘을 다해 큰소리로 "히이잉!" 울부짖었다.

"그만해요!"

빛나는 단추가 잔뜩 화가 나서 소리쳤다. 도로시와 폴리도 털북숭이 노인을 원망스럽게 쳐다보았다.

"나도 어쩔 수가 없었어. 앞으로는 절대 그러지 않도록 노력하마."

털북숭이 노인도 자신의 행동이 쑥스러운지 머리를 긁적였다. 물론 우리 친구들은 털북숭이 노인에게 곧 사과했다. 노인의 호주머니 속에는 아직도 사랑의 자석이 들어 있었기 때문에 그들은 지금까지 그랬던 것처럼 노인을 사랑하지 않을 수 없었다.

그들은 다시 당나귀 왕을 만날 수 없었다. 하지만 킥커브레이는 그들을 잊지 않고 있었다. 어제 저녁에 먹었던 것과 똑같은 음식이 차려진 식탁이 갑자기 방안에 나타났기 때문이었다.

"혹시 아침 식사로 사과 파이가 먹고 싶지 않니?"

빛나는 단추가 물었다.

"내 비프스테이크를 좀 나누어줄게. 우리 모두가 먹어도 남을 정도야."

도로시가 눈치 빠르게 제안했다. 빛나는 단추는 기꺼이 그 제안을 받아들였다. 하지만 털북숭이 노인은 사과와 샌드위치면 충분하다고 말했다. 결국에는 빛나는 단추의 파이를 먹기는 했지만 말이다. 폴리는 다른 어떤 음식보다도 이슬과 안개 케이크를 좋아했다. 토토는 먹다 남은 비프스테이크 조각을 먹었다. 노로시가 고기 조각을 던져주자, 토토는 뒷다리로 벌떡 일어서서 멋지게 받아먹었다.

아침 식사가 끝나자, 그들은 마을을 지나 처음 들어왔던 곳의 반대편으로 갔다. 갈색 당나귀가 거미줄처럼 복잡하게 얽혀 있는 집들 사이로 그들을 인도했다.

잠시 후에 다시 길이 나타났다. 길은 저 멀리 알 수 없는 나라로 이어지고 있었다.

"킥커브레이 폐하께서 부디 초대하는 것을 잊지 말라는

말씀을 전해달라고 하셨습니다."

그들이 성문 밖으로 나갈 때, 갈색 당나귀가 말했다.

"잊지 않을게요."

도로시가 약속했다. 아마도 지금 길을 걸어가고 있는 이 일행보다 더 이상하고 신기한 여행자들은 아무도 본 적이 없을 것이다. 주위에는 푸른 풀밭이 펼쳐져 있었고, 잎이 많은 나무와 향기 짙은 미모사 꽃이 무리를 지어 있었다.

무지개 구름처럼 하늘거리는 아름다운 옷자락을 휘날리며 폴리크롬은 제일 먼저 앞장서서 걸어갔다. 그녀는 춤을 추며 앞뒤로 왔다갔다 하거나 이곳 저곳으로 뛰어다니며 들꽃을 꺾고 풀숲 사이를 기어가는 딱정벌레를 구경했다. 토토는 그녀의 뒤를 쫓아다니며 한동안 신나게 짖어대다가 다시 도로시의 옆으로 돌아와서 조용히 뒤를 따라가곤 했다. 어린 캔자스 소녀는 빛나는 단추의 손을 꼭 잡고 길을 걸어갔다. 여우 머리를 한 소년은 선원 모자를 쓰고 있었기 때문에 모습이 이상했다. 그 중에서 제일 이상한 것은 뭐니 뭐니해도 털북숭이 노인이었다. 털이 많은 당나귀 머리를 푹 숙인 채, 털북숭이 노인은 커다란 주머니에 손을 찔러 넣고 제일 뒤에서 터벅터벅 걸어왔다.

일행들은 모두 마음이 무거웠다. 미지의 이상한 나라를 이리저리 방황하는 그들은 한결같이 불안감과 초조감에 시달려야 했던 것이다. 하지만 환상의 나라에서 환상의 모험을 하고 있다는 생각을 떠올리며 앞으로 일어날 일에 대해 부푼 기대를 가지기도 했다.

8
음악가

오전 무렵에 그들은 긴 언덕을 힘들게 올라가기 시작했다. 얼마 후에 언덕은 아름다운 계곡으로 이어졌다. 그리고 놀랍게도 작은 집 한 채가 길가에 서 있었다.

여행이 시작된 이후로 평범한 집을 발견하기란 처음이었기 때문에, 그들은 집에 누가 살고 있는지 알아보기 위해 서둘러 계곡을 내려갔다. 그들이 다가가는 동안 집에서는 아무도 나타나지 않았다. 하지만 좀더 가까이 다가가자, 집 안에서 이상한 소리가 들려왔다. 처음에는 그것이 무슨 소리인지 잘 구별할 수 없었다. 한동안 귀를 기울이던 도로시와 친구들은 낡은 오르간 소리에서 흘러나오는 음악 소리 같다고 생각했다. 그 음악은 이렇게 말하는 듯이 들렸다.

티들 윈들 아이들, 움 팜팜!
움, 팜팜! 움, 팜팜!

티들 티들 티들, 움 팜팜!
움, 팜팜 파!

"이게 무슨 소리지? 오르간인가? 악단인가?"
도로시가 물었다.
"몰라."
빛나는 단추가 고개를 저었다.
"내가 듣기에는 축음기를 틀어놓은 것 같구나."
털북숭이 노인이 커다란 귀를 쫑긋 세우고 말했다.
"환상의 나라에 축음기가 있을 리 없어요!"
도로시가 큰소리로 말했다.
"아름다운 음악이구나, 그렇지?"
폴리크롬은 박자에 맞추어 춤을 추려고 했다.

티들 윈들 아이들, 움 팜팜!
움 팜팜, 움팜팜!

집으로 가까이 다가가면 갈수록 음악은 더욱 똑똑하게 들려왔다. 문득 그들은 키가 작고 뚱뚱한 남자가 현관 앞의 긴 의자에 앉아 있는 것을 발견했다. 그는 허리까지 내려오는 붉은 웃옷에 푸른색 외투를 입고 금색 줄무늬가 있는 하얀 바지를 입고 있었다. 벗겨진 대머리에는 작고 둥근 빨간 모자가 올려 놓여져 있었고, 고무줄로 된 모자 끈이 턱 밑으로 둘려져 있었다.

남자의 얼굴은 둥글고 그의 눈은 창백한 푸른색이었다. 낯선 손님들이 다가오는 것을 보자, 남자는 손잡이를 금으로 씌운 단단한 지팡이를 짚고 몸을 앞으로 숙였다.

참으로 이상하게도 그들이 듣고 있는 음악 소리는 바로 그 뚱뚱한 남자의 뱃속에서부터 울려나오는 것 같았다. 그는 악기나 그 어떤 것도 갖고 있지 않았기 때문이었다.

그들은 우뚝 멈추어 서서 신기한 눈으로 남자를 바라보았다. 남자도 멀뚱멀뚱 그들을 쳐다보았다. 그 동안에도 계속해서 이상한 음악 소리가 들려왔다.

티들 아이들 아이들, 움 팜팜!
움, 팜팜! 움 팜팜!
티들 위들 아이들, 움 팜팜!
움, 팜팜 파!

"우와! 이 사람은 노래인간이네!"

빛나는 단추가 말했다. 이 말을 들은 뚱뚱한 남자는 커다란 칭찬이라도 들은 듯이 전보다 더욱 긴장한 태도로 꼿꼿하게 앉아 있었다. 음악 소리는 계속해서 들려왔다.

티들 위들 아이들, 움 팜팜
움 팜팜, 움······.

"제발 그만해요!"

털북숭이 노인이 정색을 하고 소리쳤다.

"그 끔찍한 소리 좀 멈춰주시오."

뚱뚱한 남자는 서글픈 표정으로 노인을 바라보더니 입을
열었다. 그가 말을 하는 순간, 음악이 바뀌면서 곡조에 맞
추어 가사가 들려오기 시작했다.

그 남자는 이렇게 말했다. 아니, 노래했다.

"당신들이 듣고 있는 것은 소음이 아니라
아름답고 명료한 음악이라오.
내가 숨을 쉴 때마다 나는 마치 오르간처럼
하루 종일 음악을 연주한다오.

내 왼쪽 귀에는 낮은 음의 곡조가 들어 있소.”

“어쩜 이럴 수가! 이 사람은 숨을 쉴 때마다 음악을 연주
한다잖아!”
도로시가 감탄했다.
“그건 말도 안되는 소리야.”
털북숭이 노인이 딱 잘라 말했다. 하지만 다시 음악이 시
작되자, 모두들 주의 깊게 귀를 기울였다.

“나의 허파 속에는 마치 오르간처럼
파이프가 가득 차 있다오. 그러므로
나는 코로 숨을 들이쉬거나 내쉴 때마다
파이프가 음악 소리를 내는 거라오.
여러분도 아시다시피 사람이 살기 위해서는
숨을 멈출 수 없소.
숨을 쉬는 한 나는 음악을 멈출 수 없다오.
나도 이런 내 자신이 서글프오.
부디 내 파이프를 용서해주시구려.”

“가엾은 사람! 이 사람도 어쩔 수 없는 거야. 얼마나 불쌍
한지!”
폴리크롬이 남자를 동정했다.
“우리는 한동안 이 음악 소리를 참고 듣는 수밖에 없겠

어. 이곳을 떠날 때까지는 말이야. 하지만 이 가엾은 아저씨는 살아 있는 동안 계속해서 자기 몸 속에서 나는 소리를 듣고 있어야만 한다니, 정말 미칠 지경일 거야. 너희들은 어떻게 생각하니?"

"몰라요."

빛나는 단추가 말했다.

"멍멍!"

토토가 대신 대답을 하자, 모두들 웃음을 터뜨렸다.

"어쩌면 그래서 이렇게 혼자 사는 것인지도 몰라."

도로시가 짐작했다.

"그래, 만약 이웃이 있었다면 당장 고발했을 거야."

털북숭이 노인이 대답했다. 그 동안에도 뚱뚱한 음악가는 계속해서 음악 소리를 냈다.

티들 티들 아이들, 움, 팜팜.

그들이 서로 이야기를 주고받으려면 큰소리로 외칠 수밖에 없었다. 털북숭이 노인이 물었다.

"당신은 누구신가요?"

남자는 노래를 부르듯이 대답했다.

"나는 알레그로 다 카포입니다. 아주 유명한 사람이죠.
신분이 높든 낮든 나 같은 사람이 또 있는지 찾아보시오.

어떤 사람들은 음악을 연주하려고 하지만 하지 못하고
날마다 연습을 해야 한다오.
하지만 나는 태어난 이후부터 항상 음악을 연주해왔소."

"어머나, 이 사람은 그 일에 대해 자부심을 갖고 있는가
봐! 그런데 나는 이 사람의 음악보다 더 형편없는 음악을
들었던 적이 있었던 것 같아."
도로시가 소리쳤다.
"어디서?"
빛나는 단추가 물었다.
"지금은 생각이 나질 않아. 하지만 다 카포 씨는 분명히
처음 보는 사람인데……. 그렇지 않니? 아마도 이 세상에
이런 사람은 단 한 명밖에 없을 거야."
이 말을 들은 뚱뚱한 남자는 무척 기분이 좋은 것 같았
다. 가슴을 크게 부풀리더니 아주 심각한 얼굴로 다음과 같
은 노래를 불렀다.

"내 곁에는 악단이 없다네.
내가 바로 악단이지!
나는 악기 줄을 조이지 않는다네.
하지만 그래도
내 피리 소리는 언제나 실수를 모른다네."

"나는 무슨 소리인지 모르겠어. 아마도 천체의 음악 소리
에만 익숙해서 그런가봐."

폴리크롬이 어리둥절한 표정으로 말했다.

"그게 뭔데?"

빛나는 단추가 물었다.

"아마도 폴리기 하는 말은 대기와 지구의 음악이라는 뜻
일 거야."

도로시가 설명했다.

"멍멍!"

빛나는 단추가 고개를 갸우뚱하자, 토토가 대답을 했다.
음악가는 계속해서 음악 소리를 냈다.

"움, 팜팜 움, 팜팜."

그 소리는 털북숭이 노인의 신경을 긁었다.

"그만 좀 해요! 알겠어요? 아니면 작은 소리로 숨을 쉬든가 코에다 빨래집게를 집든가 하란 말이오! 어쨌든 어떻게 좀 해봐요!"

뚱뚱한 남자는 서글픈 표정으로 이렇게 노래했다.

"음악에는 마법이 있어서 야만인의 마음까지도
누그러뜨린다고 하더군요.
그러니 그대의 마음이 불편하거든
조용히 내 음악에 귀를 기울여 보시오.
효과가 있을 테니."

이 말을 들은 털북숭이 노인은 당나귀 입이 찢어지도록 큰소리로 웃어대기 시작했다. 도로시가 말했다.

"이 사람의 시가 얼마나 훌륭한지 나는 모르겠지만 곡조에는 어울리는 것 같은데요. 그러면 된 거 아닌가요?"

"나는 마음에 들어."

빛나는 단추는 다리를 넓게 벌리고 서서 음악가를 뚫어져라 쳐다보고 있었다. 그러더니 모두가 깜짝 놀랄 정도로 긴 질문을 던졌다.

"만약 제가 오르간을 삼킨다면 어떻게 될까요?"

"꼬마 오르간이 되겠지."

털북숭이 노인이 말했다.

"애들아, 우리가 할 수 있는 가장 최선의 길은 빛나는 단추가 뭔가 삼키기 전에 어서 길을 떠나는 것 같구나. 한시라도 빨리 오즈 나라로 가는 길을 찾아야만 하잖니."

이 말을 들은 음악가는 재빨리 노래를 불렀다.

"오즈의 나라로 가실 거라면
나도 데려가 주세요. 오즈마의 생일 연회에
세상에서 가장 아름다운 노래를 부르고 싶어요."

"미안하지만 안되겠어요. 저희는 저희끼리 여행하고 싶어요. 하지만 오즈마를 만나면 당신을 생일 연회에 초대하라고 부탁해보겠어요."

도로시가 대답했다.

"그럼 어서 가자."

털북숭이 노인이 초조한 듯 재촉했다. 폴리는 벌써 춤을 추며 저 멀리 앞서가고 있었다. 다른 사람들도 그 뒤를 따랐다. 그들은 한시라도 빨리 음악 소리로부터 벗어나고 싶어서 보통 때보다도 훨씬 빠른 걸음으로 걸어가고 있었다.

다시 언덕을 기어올라 꼭대기에 도달할 때까지, 음악가의 단조로운 음악 소리는 끈질기게 들려왔다.

움, 팜팜 움, 팜팜
티들 아이들 위들, 움 팜팜
움, 팜팜 파!

고개를 넘어서 반대편 언덕으로 내려가자, 음악 소리는 점차 사라져버렸다. 도로시와 친구들은 무거운 짐을 벗어 던진 느낌이었다.

"오르간맨과 함께 살지 않아도 된다는 게 정말 다행이야. 그렇지 않니, 폴리?"

도로시가 묻자, 무지개의 딸도 고개를 끄덕였다.

"오즈마 공주가 그자를 초대하지 않았으면 좋겠구나."

털북숭이 노인이 말했다.

"그 친구의 음악 소리는 모든 손님들을 미치게 할 테니까 말이야. 그런데 빛나는 단추야, 아까 네 말을 들으니 한 가지 생각이 난다. 그 음악가는 틀림없이 어린 시절에 아코디언을 삼켰을 거야."

"왈왈!"

토토는 붕붕 날아다니는 벌을 쫓아서 달려갔다.

9

스쿠들러에게 붙잡히다

이곳은 별로 아름다운 고장이 아니었다. 풀이라고는 단 한 포기도 자라지 않는 황량한 언덕으로 뒤덮인 울퉁불퉁한 들판만이 끝없이 펼쳐져 있을 뿐이었다. 그들은 낮은 산 가까이 다가가고 있었다. 지금까지 평탄하고 걷기가 쉽던 길도 앞으로 갈수록 거칠고 험해졌다.

빛나는 단추는 자꾸만 발이 걸려 비틀거렸다. 폴리크롬도 더 이상 춤을 추지 않았다. 그저 걷는 것만으로도 무척 힘이 들었기 때문에 몸을 따뜻하게 유지하기 위해서 일부러

춤을 추거나 운동을 할 필요도 없었다.

오후가 되었지만, 털북숭이 노인이 아침 식탁에서 가져온 사과 두 알 이외에는 아무것도 먹을 것이 없었다. 노인은 사과를 네 쪽으로 나누어서 친구들에게 하나씩 나누어주었다. 도로시와 빛나는 단추는 순식간에 자기 몫을 먹어치웠다. 하지만 폴리는 겨우 한 입 베어먹었을 뿐이고 토토는 사과를 좋아하지 않았다.

"이 길이 에메랄드 시로 가는 길이 맞는지 어떻게 알지?"

무지개의 딸이 물었다.

"나도 몰라. 하지만 이 나라에는 이 길밖에 없으니까 이 길이 끝날 때까지 가는 수밖에 없어."

"요술 허리띠가 있다면 지금 당장 많은 도움이 될텐데."

도로시는 곰곰이 생각에 잠겼다.

"요술 허리띠가 뭐니?"

폴리크롬이 물었다.

"그것은 내가 놈 왕에게서 빼앗은 물건인데, 아주 놀라운 기적을 행할 수가 있단다. 나는 그것을 오즈마에게 주었어. 왜냐하면 캔자스에서는 마법이 통하지 않거든. 그 허리띠는 오직 환상의 나라에서만 힘을 발휘할 수가 있어."

"여기가 환상의 나라야?"

빛나는 단추가 물었다.

"아직도 모르고 있었단 말이니?"

도로시가 비난하듯이 물었다.

"환상의 나라가 아니라면 도대체 어떻게 네가 여우 머리를 가질 수가 있었겠니? 또 털북숭이 할아버지는 어떻게 당나귀 머리로 변할 수가 있고 말이야. 무지개의 딸은 투명했을 거고."

"투명하다는 게 무슨 소리야?"

소년이 물었다.

"넌 정말 아는 게 하나도 없는 것 같다. 투명하다는 것은 눈에 보이지 않는다는 거야."

"그럼 토토도 투명하구나."

소년이 자랑스럽게 말했다. 재빨리 주위를 돌아본 도로시는 그의 말이 맞다는 것을 알았다. 토토의 모습이 감쪽같이 사라진 것이다. 하지만 저 앞쪽의 회색 바위 더미 사이에서 맹렬하게 짖어대는 토토의 소리는 들을 수가 있었다.

걸음을 재촉하여 앞으로 간 그들은 시끄럽게 짖고 있는 강아지를 발견했다. 길 옆에 솟아 있는 커다란 바위 위에는 이상하게 생긴 생물이 앉아 있었다.

그것은 중간 키 정도에 몸이 호리호리하고 우아하게 생긴 사람의 형상을 하고 있었다. 바위 꼭대기에 아무 말 없이 꼼짝도 하지 않고 앉아 있었는데, 그 얼굴은 검은 잉크처럼 새까맸다. 그리고 몸에 꼭 달라붙는 검은 복장을 하고 있었다. 까만 손은 마치 새의 발톱처럼 손톱이 구부러져 있었다. 이 생물은 가늘고 노란 머리카락 이외에는 온통 까만 색이었다. 직선으로 짧게 깎은 머리카락은 검은 앞이마에

착 달라붙어 있었다. 시끄럽게 짖어대는 강아지를 똑바로 노려보고 있는 그의 두 눈은 족제비의 눈처럼 작고 반짝반짝 빛났다.

"도대체 저게 뭘까?"

도로시가 나지막한 소리로 속삭였다. 그의 친구들은 이 이상한 생물을 바라보며 한동안 서 있었다.

"몰라."

빛나는 단추가 말했다.

그 이상한 생물은 펄쩍 뛰어오르더니 반쯤 몸을 돌려서 똑같은 자리에 다시 앉았다. 하지만 이번에는 몸의 반대쪽이 그들을 향하고 있었다. 새까맣던 앞쪽과는 다르게 이번에는 온몸이 눈처럼 하얀 색이었다. 얼굴은 마치 서커스에 나오는 광대처럼 생겼는데, 머리카락은 빛나는 보라색이었다. 그 생물은 어느 쪽으로든 몸을 구부릴 수가 있었다. 하얀 손톱은 검은 쪽과 마찬가지로 구부러져 있었다.

"앞쪽과 뒤쪽 모두에 얼굴이 있네. 등은 없고 얼굴이 두 개잖아."

도로시가 신기한 듯이 중얼거렸다. 몸을 돌린 후에도 그 생물은 여전히 꼼짝하지 않고 앉아 있었다. 토토는 하얀 쪽을 향해서도 사납게 짖어댔다.

"한때는 나도 저렇게 두 개의 얼굴을 가진 튀어오르는 놈을 가지고 있었지."

"살아 있는 건가요?"

털북숭이 노인에게 빛나는 단추가 물었다.

"아니야. 그건 나무로 만든 꼭두각시 인형이란다."

"혹시 이것도 줄로 조종되는 건 아닌지 모르겠어요."

도로시가 말했다. 바로 그때 폴리크롬이 소리쳤다.

"저기 봐!"

똑같이 생긴 또 다른 생물이 갑자기 다른 바위 위에 나타난 것이다. 그것은 검은 쪽을 그들에게 향하고 앉아 있었다. 두 생물은 거의 동시에 머리를 빙그르르 돌리더니 하나는 하얀 몸 위에 검은 얼굴이, 다른 하나는 검은 몸 위에 하얀 얼굴이 나오도록 했다.

"그것 참 이상하네. 머리가 마음대로 돌아가는 모양이야! 저들이 우리를 친절하게 대해줄까?"

폴리크롬이 걱정스럽게 물었다.

"아직은 몰라, 폴리. 한번 말을 걸어보자."

도로시가 대답했다. 그들은 이쪽저쪽으로 폴짝폴짝 뛰면서 검은 쪽 면과 하얀 쪽 면을 교대로 보여주었다. 이때 또 다른 생물이 다른 바위 위에 모습을 나타냈다. 우리의 친구들은 언덕에서 조금 파인 곳으로 갔다. 이제 그들은 지나온 길을 제외하면 사방으로 울퉁불퉁한 바위에 둘러싸인 꼴이 되었다.

"이제는 네 마리가 되었구나."

털북숭이 노인이 말했다.

"다섯 마리예요."

폴리크롬이 소리쳤다.

"여섯 마리!"

도로시가 말했다.

"셀 수도 없어!"

빛나는 단추가 큰소리로 외쳤다. 정말이었다. 하얗고 검은 생물들이 바위마다 수없이 앉아 있었다.

겁에 질린 토토도 시끄럽게 짖어대던 것을 멈추고 도로시의 발밑으로 달려왔다. 그리고 몸을 조그맣게 웅크리고 앉았다. 이 생물들은 전혀 친절하거나 좋은 감정을 갖고 있는 것 같지 않았다. 털북숭이 노인의 당나귀 얼굴도 딱딱하게 굳어졌다.

"저들이 누구이고 뭘 원하는지 물어보세요."

도로시가 나지막이 속삭였다. 털북숭이 노인은 용기를 내어 큰소리로 외쳤다.

“너희들은 누구냐?”

“스쿠들러!”

그들은 입을 모아 소리쳤다. 그들의 목소리는 날카롭고 소름이 끼쳤다.

“원하는 게 뭐냐?”

털북숭이 노인이 다시 물었다.

“너희들!”

그들은 일제히 뼈만 남은 손가락으로 그들을 가리켰다. 그러더니 모두 펄쩍 뛰어올라 하얀색으로 몸을 바꾸었다. 그리고 곧 다시 펄쩍 뛰어서 검은색으로 바꾸었다.

“왜 우리를 원하는 거냐?”

털북숭이 노인이 떨리는 목소리로 물었다.

“수프!”

그들은 한 목소리로 합창했다.

“오, 하느님 맙소사!”

도로시가 부르르 몸을 떨었다.

“스쿠들러는 식인종이 틀림없어요.”

“난 수프가 되고 싶지 않아.”

빛나는 단추가 울먹이기 시작했다.

“울지 마. 착하지.”

도로시가 그를 달랬다.

“누구도 수프가 되고 싶은 사람은 없어. 걱정하지 마. 털북숭이 할아버지가 우리를 돌봐줄 거야.”

“그럴까?”

폴리크롬이 의심스러운 듯이 물었다. 그녀는 스쿠들러가 너무나 마음에 들지 않았으므로 도로시 옆에 딱 붙어서 떨어질 줄을 몰랐다.

“노력하마.”

털북숭이 노인은 이렇게 약속했지만, 몹시 불안한 표정이었다. 바로 그때 문득 호주머니 속에 든 사랑의 자석이 손에 잡혔다. 그러자 털북숭이 노인은 좀더 자신감에 넘치는 목소리로 그 이상한 생물들에게 말을 걸었다.

“너희들은 나를 좋아하지 않느냐?”

“좋아한다!”

그들은 일제히 소리쳤다.

“그렇다면 나와 내 친구들을 해치면 안된다.”

털북숭이 노인이 단호하게 말했다.

“우리는 너희들로 만든 수프를 좋아한다!”

스쿠들러는 이렇게 소리쳤다. 그리고 순식간에 하얀 쪽이 앞으로 오도록 몸을 돌렸다.

“소름끼쳐!”

도로시가 말했다.

“털북숭이 할아버지, 이번에는 할아버지에 대한 사랑이 너무 지나친 것 같네요.”

“수프가 되고 싶지 않아!”

빛나는 단추가 다시 울부짖었다. 토토도 킹킹거리며 신음

소리를 냈다. 그 역시 수프가 되고 싶지 않았던 것이다.

"이제 남은 건 단 한 가지 방법뿐이야."

털북숭이 노인이 친구들에게 속삭였다.

"가능한 빨리 이 바위틈에서 벗어나는 거야. 그래서 스쿠들러를 따돌리는 거지. 자, 애들아! 나를 따라오렴. 그들이 뭐라고 말하든, 무슨 짓을 하든 관심을 두지 마라."

털북숭이 노인은 바위 틈 사이로 나 있는 길을 따라 걸어가기 시작했다. 다른 일행들은 그 뒤를 바싹 붙어갔다. 하지만 스쿠들러들은 그들의 길을 막으려는 듯이 앞으로 다가왔다. 털북숭이 노인은 허리를 숙여서 돌멩이 하나를 집어들더니 길을 가로막고 서 있는 스쿠들러를 향해 힘껏 던졌다.

그 순간 스쿠들러들은 일제히 함성을 질렀다. 그들 중에 두 마리가 어깨에서 목을 뽑더니 털북숭이 노인을 향해 던져버렸다. 그 힘이 얼마나 세던지 노인은 소스라치게 놀라며 엉덩방아를 찧고 쓰러졌다. 두 마리의 스쿠들러는 번개처럼 달려와서 굴러다니는 머리를 집어 어깨 위에 도로 올려놓았다. 그리고는 다시 원래 앉아 있던 바위 위로 뛰어올라갔다.

10

수프 솥에서 탈출하다

　털북숭이 노인은 자리에서 일어나 어디 다친 곳이 없나 살펴보았다. 다행히도 상처는 없었다. 머리 하나는 오른쪽 어깨에 맞고 다른 하나는 왼쪽 어깨에 맞았지만, 땅에 쓰러뜨리기만 했을 뿐 상처를 입힐 만큼 힘이 세지는 않았던 것이다.

　"자, 가자."

　털북숭이 노인이 단호하게 말했다.

　"이곳에서 어서 빠져나가자."

　그리고 다시 앞장서서 걸어가기 시작했다. 그러자 스쿠들러들은 함성을 지르며 겁먹은 우리 친구들을 향해 일제히 목을 던졌다. 털북숭이 노인은 다시 뒤로 넘어지고 빛나는 단추도 쓰러졌다. 빛나는 단추는 아무런 상처도 입지 않았음에도 불구하고 마구 발길질을 하면서 큰소리로 울음을 터뜨렸다.

머리 하나가 토토에게 명중했다. 처음에는 신음 소리를 내며 뒹굴던 토토는 곧 그것의 귀를 입에 물고 멀리 달아나 버렸다.

머리를 던졌던 스쿠들러들은 땅으로 굴러 내려와 자신의 머리를 집어들기 시작했다. 놀랄 만큼 재빠른 동작이었다. 하지만 토토가 물고 달아나 버린 스쿠들러의 몸뚱이는 좀처럼 머리를 찾을 수가 없었다. 토토의 입에 물린 스쿠들러의 머리는 강아지의 몸에 눈이 가려서 앞을 볼 수가 없었기 때문이다. 그러므로 머리 없는 스쿠들러는 어떻게든 머리를 되찾기 위해 필사적으로 바위 사이를 이리저리 굴러다녔다. 토토는 바위틈을 빠져나가 머리를 언덕 아래로 던져 버리려고 했다. 하지만 곤경에 빠진 동료를 구하기 위해 달려온 다른 스쿠들러들이 강아지를 향해 머리를 날렸기 때문에, 토토는 어쩔 수 없이 입에 물고 있던 머리를 떨어뜨리고 도로시에게로 도망쳐올 수밖에 없었다.

도로시와 무지개의 딸은 쏟아지는 머리들을 용케 피할 수 있었다. 그러나 이 무시무시한 스쿠들러의 손에서 빠져나가는 것은 불가능한 일임을 깨달았다.

"차라리 항복하는 것이 낫겠다."

털북숭이 노인이 다시 몸을 일으키며 힘없이 말했다. 그는 적들을 향해 몸을 돌리더니 큰소리로 물었다.

"우리가 어떻게 하기를 원하는가?"

"오라!"

그들은 의기양양한 목소리로 합창을 했다. 그리고 즉시 바위 위에서 뛰어내리더니 사방에서 포로들을 에워쌌다. 스쿠들러에게서 한 가지 재미있는 점은 앞쪽이나 뒤쪽이나 몸을 돌리지 않고 곧장 걸어갈 수 있다는 것이었다. 왜냐하면 두 개의 얼굴과 도로시의 표현대로 '두 개의 앞쪽'을 가지고 있었기 때문이었다. 그들의 발은 마치 T자를 거꾸로 세워놓은 것처럼 생겼는데 아주 빠르게 다가왔다. 반짝이는 두 눈과 정반대 색깔의 모습, 마음대로 떼었다가 붙였다가 할 수 있는 머리 등은 가엾은 우리 친구들을 공포의 도가니로 몰아넣었기 때문에 도로시 일행은 도망칠 생각조차 하지 못했다.

스쿠들러들은 사로잡은 포로들을 바위에서 끌어내어 길을 따라 멀리 데려갔다. 언덕을 내려온 그들은 커다란 밥그릇을 거꾸로 엎어놓은 듯이 보이는 바위산 앞에 당도했다. 산 가장자리에는 깊은 계곡이 있었는데, 얼마나 깊었던지 밑을 내려다보면 칠흑 같은 어둠 이외에는 아무것도 보이지 않았다. 계곡 위에는 바위로 만들어진 좁은 다리가 하나 걸쳐져 있었다. 그리고 다리 끝에는 산 속으로 들어가는 둥근 입구가 있었다.

스쿠들러는 포로를 데리고 다리를 건너 산 속으로 들어갔다. 그곳에는 햇빛이 새어 들어오도록 천장에 몇 개의 구멍을 뚫어놓은 거대한 동굴이 있었다. 동굴 가장자리에는 바위로 만든 집들이 다닥다닥 붙어 있었는데, 앞쪽 벽에는 문이 나 있었다. 이 집들은 모두 너비가 150cm를 넘지 않았다. 스쿠들러들은 아주 납작했기 때문에 더 이상의 공간이 필요 없었던 것이다. 동굴 안이 얼마나 넓었던지 이 집들이 세워져 있는 가운데에는 넓은 공터가 있었다. 그곳에서 스쿠들러들은 대회당에 모인 것처럼 회의를 열곤 했다.

공터 한가운데에 튼튼한 쇠사슬로 매달아놓은 거대한 무쇠 솥이 있는 것을 보자, 도로시는 몸을 부르르 떨었다. 솥 밑에는 당장이라도 불을 붙일 수 있도록 마른 장작더미가 잔뜩 쌓여 있었다.

"수프 솥!"

스쿠들러들이 함성을 질렀다. 그리고 곧이어 일제히 부르짖었다.

"우리는 배고프다!"

한 손으로 도로시의 손을 꼭 잡고 다른 한 손으로는 폴리의 손을 잡고 있던 빛나는 단추는 스쿠들러의 함성 소리를 듣고 너무나 놀란 나머지 다시 울기 시작했다. 그리고 마구 징징거렸다.

"나는 수프가 되기 싫어! 싫어!"

"걱정하지 마라."

털북숭이 노인이 그를 위로했다.

"내가 제일 먼저 수프가 되어서 저들의 배를 채울 테니까 말이야. 나는 아주 몸집이 크거든. 나를 제일 먼저 솥에 넣어달라고 부탁할 거란다."

“좋아요.”

이 말을 들은 빛나는 단추는 다소 기운을 차렸다. 하지만 스쿠들러들은 아직 수프를 만들 준비가 되지 않은 것 같았다. 그들은 동굴에서 가장 깊숙이 자리잡고 있는 한 집으로 포로들을 데리고 갔다. 그 집은 다른 집보다 조금 넓었다.

“여기는 누가 사는 곳이죠?”

무지개의 딸이 물었다. 그러자 가까이 있던 스쿠들러가 대답했다.

“여왕님.”

도로시는 이렇게 사나운 생물을 다스리는 사람이 여자라는 사실을 알고 약간 희망을 품었다. 하지만 잠시 후에 두세 명의 스쿠들러들에게 이끌려서 어둡고 황량한 방안으로 들어갔을 때, 가냘픈 희망은 한낱 물거품이 되었다.

스쿠들러의 여왕은 다른 어떤 스쿠들러보다도 더욱 험악하고 끔찍한 모습을 하고 있었다. 여왕의 한쪽 면은 피처럼 붉은색이었고 다른 한쪽 면은 샛노란색이었다. 그리고 진홍색 머리카락과 검은 눈동자를 지녔다. 여왕은 붉은색과 노란색의 짧은 치마를 입고 있었고, 머리카락은 이마에 착 달라붙어 있는 대신에 곱슬곱슬하게 뒤엉켜 있었다. 그 위에는 은으로 만든 왕관이 놓여 있었는데, 여기저기 찌그러지고 움푹 파여 있었다. 수없이 여러 번 수많은 것들을 향해 머리를 던졌기 때문이었다. 그녀의 몸은 가늘고 앙상했으며 얼굴에는 깊은 주름살이 잡혀 있었다.

“이게 뭐냐?”

우리의 친구들이 여왕 앞에 서자, 여왕이 날카롭게 물었다.

“수프!”

스쿠들러 병사들이 한 목소리로 대답했다.

“우리는 수프가 아니에요! 우리는 음식이 아니라고요!”

도로시가 화가 나서 항의했다.

“하지만 곧 그렇게 될 거다.”

여왕이 대꾸했다. 여왕의 얼굴에 차가운 미소가 떠오르자, 이전보다 더욱 흉측하게 보였다.

“실례합니다, 세상에서 가장 아름다운 분이여.”

털북숭이 노인이 여왕 앞에 공손하게 절을 했다.

“고귀하신 여왕 폐하께 부탁드리오니, 부디 저희를 수프로 만들지 마시고 그냥 보내주십시오. 저에게는 사랑의 자석이 있기 때문에 저를 만나는 자들은 누구나 저를 좋아하고 제 친구들을 좋아하게 된답니다.”

“그건 사실이야. 우린 너희들이 무척 좋아. 너희들을 끓여서 먹고 싶을 정도로 좋아한단 말이야. 그런데 다시 한번 말해보렴. 너는 내가 그렇게 아름답다고 생각한단 말이냐?”

“만약 저를 잡아먹는다면 전혀 아름답지 않습니다. 아름다운 사람은 아름다운 행동을 하는 법이니까요.”

털북숭이 노인이 힘없이 고개를 저었다.

여왕이 빛나는 단추를 향해 물었다.

“너는 내가 아름답다고 생각하느냐?”

“아니요, 흉악해요.”

소년이 대답했다.

“나는 당신이 끔찍하다고 생각해요.”

도로시가 말했다.

“만약 자신의 모습을 볼 수 있다면, 당신도 무서워서 벌벌 떨 거예요.”

폴리가 한마디 덧붙였다. 여왕은 그들을 무섭게 노려보더니 몸을 돌려 빨간 쪽을 노란 쪽으로 바꾸었다.

“그들을 데려가라. 6시가 되면 그들을 고기 다지는 기계에 집어넣어라. 그리고 수프를 끓이기 시작해. 이번에는 수프에 소금을 잔뜩 넣어라. 그렇지 않으면 요리사를 톡톡히

혼내줄 거야!"

여왕이 호위병에게 명령을 내렸다.

"양파는 어떻게 할까요, 여왕 폐하?"

"양파와 마늘을 잔뜩 넣고 후추도 많이 뿌리도록 해. 자, 가거라!"

스쿠들러는 포로들을 어느 집으로 데리고 가서 가두어 놓았다. 집 앞을 지키는 것은 스쿠들러 한 명뿐이었다.

그곳은 일종의 창고 같은 곳이었다. 감자 포대와 당근, 양파, 파 등이 담긴 바구니가 놓여 있었다.

"이것들은 수프에 맛을 내기 위한 양념이다."

경비병이 야채를 가리키며 말했다. 이제 포로들은 완전히 희망을 잃고 말았다. 탈출할 구멍이라고는 전혀 없었고, 언제 6시가 되어 고기 다지는 기계가 작동될지도 알 수 없었기 때문이었다. 하지만 용감한 털북숭이 노인은 노력도 해 보지 않고 이런 끔찍한 운명에 그냥 굴복할 수 없었다.

"나는 우리를 위해 끝까지 싸울 것이다."

노인이 아이들에게 속삭였다.

"만약 실패한다고 해도 더 이상 나빠질 것은 없잖니? 여기 조용히 앉아서 수프가 되기를 기다리는 것은 어리석고 비겁한 짓이야."

경비병 스쿠들러는 문가에 서서 하얀 쪽과 검은 쪽을 교대로 돌리고 있었다. 마치 탐욕스러운 네 개의 눈 모두에게 살찐 포로들의 먹음직스러운 모습을 실컷 보여주고 싶어하는 것 같았다. 포로들은 슬픔에 잠겨서 방 한쪽 끝에 모여 앉아 있었다. 오직 폴리만이 몸을 따뜻하게 유지하기 위해서 좁은 방안을 오가며 춤을 추었다. 서늘한 동굴 안이 그녀에게는 너무 춥게 느껴졌던 것이다. 털북숭이 노인 곁으로 다가올 때마다 노인은 폴리의 귀에 뭐라고 속삭였다. 폴리는 뭔가를 이해한 듯이 작은 머리를 끄덕였다.

털북숭이 노인은 도로시와 빛나는 단추에게 그의 앞에 서서 자신의 몸을 가리라고 말했다. 그 동안 노인은 감자가 담겨 있는 포대 하나를 비웠다. 이 일이 끝나자마자, 폴리크롬은 경비병에게 다가가더니 느닷없이 경비병의 뺨을 때렸다. 그리고 순식간에 몸을 빙빙 돌려서 친구들이 있는 곳으로 돌아왔다.

잔뜩 화가 난 스쿠들러는 즉시 머리를 뽑아서 무지개의 딸을 향해 던졌다. 이것을 미리 예상하고 있었던 털북숭이 노인은 멋지게 그 머리를 붙잡아서 포대 안에 집어넣었다. 그리고 포대 입구를 단단히 동여매었다. 자신을 인도해줄 머리가 없어진 경비병의 몸뚱이는 허겁지겁 이쪽저쪽으로 굴러다녔지만 아무런 소용이 없었다. 털북숭이 노인은 손쉽게 경비병을 피해서 문을 열었다. 다행히도 커다란 동굴 안은 텅 비어 있었다. 노인은 도로시와 폴리에게 가능한 빨리 입구 쪽으로 달려가서 좁은 다리를 건너라고 말했다.

"빛나는 단추는 내가 데려가마."

아직 나이 어린 소년은 다리가 너무 짧아서 빨리 달릴 수

가 없었기 때문이었다.

도로시는 토토를 품에 안고 폴리의 손을 꼭 잡고서 동굴 입구를 향해 힘껏 뛰었다. 털북숭이 노인은 빛나는 단추를 등에 업고 그 뒤를 따라갔다. 워낙 순식간에 일어난 일이었을 뿐만 아니라 아무도 그들이 도망치리라고는 예상하지 못했기 때문에, 스쿠들러들 중에 한 명이 우연히 창 밖을 내다보고 도망치는 그들을 발견했을 때에는 도로시 일행은 이미 다리 앞에 도착해 있었다.

스쿠들러가 날카로운 비명 소리를 지르자, 수많은 문들이 일제히 열리면서 즉시 추격이 시작되었다. 도로시와 폴리가 막 다리를 건너고 있을 때, 스쿠들러들이 머리를 던지기 시작했다. 그 중에 하나가 털북숭이 노인의 어깨를 맞추어 노인은 거의 쓰러질 뻔했다. 동굴 입구까지 나온 노인은 빛

나는 단추를 땅에 내려놓고 어서 다리를 건너 도로시에게
달려가라고 말했다.

털북숭이 노인은 동굴 입구를 딱 가로막은 채, 당당히 스
쿠들러를 마주보고 섰다. 그리고 그들이 머리를 던질 때마
다 재빨리 붙잡아서 어두운 계곡 밑으로 던져버렸다. 제일
앞쪽에서 머리를 잃어버린 스쿠들러들은 다른 스쿠들러들
이 가까이 다가오지 못하도록 막았다. 하지만 그들 또한 달
아나는 포로들을 붙잡기 위해 마구 머리를 던졌다.

털북숭이 노인은 닥치는 대로 머리를 잡아서 깊은 계곡
속으로 던져 넣었다. 그 중에는 붉은색과 노란색의 여왕 머
리도 있었다. 여왕을 알아본 노인은 더욱 기꺼운 마음으로
여왕의 머리를 던졌다.

잠시 후에 동굴에 있던 스쿠들러들은 모두 머리를 던져버
렸다. 그리고 머리는 전부 깊은 계곡 아래로 떨어졌다. 머
리가 없어 무력해진 스쿠들러들은 동굴 속에서 이리저리
뒤엉킨 채, 자신의 머리가 어떻게 되었는지 알아내려고 헛
되이 발버둥을 치고 있었다. 털북숭이 노인은 껄껄 웃으며
다리를 건너 친구들 곁으로 왔다.

"젊었을 때, 야구 경기를 해서 참 다행이었어. 머리를 아
주 쉽게 잡을 수 있었거든. 단 한 개도 놓치지 않았지. 자,
이제 어서 가자. 스쿠들러들은 이제부터 어느 누구도 괴롭
히지 못할 거다."

아직도 두려움을 떨쳐버리지 못한 빛나는 단추는 계속해

서 칭얼거렸다.

"나는 수프가 되기 싫어!"

사실 너무나 순식간에 얻어진 승리였기 때문에 소년은 아직도 그들이 안전하게 구출되었다는 사실을 깨닫지 못했던 것이다. 털북숭이 노인은 이제 수프가 될 위험은 모두 사라졌으며 스쿠들러들은 한동안 수프를 먹을 수 없게 되었다고 천천히 타일러 주었다.

그 무시무시하고 어두운 동굴로부터 가능한 빨리 멀어지고 싶은 마음에 도로시와 친구들은 걸음을 재촉하여 언덕을 올라갔다. 그리고 그들이 처음 스쿠들러를 만났던 그 장소로 되돌아갔다. 다시 보통 때와 같은 낯익은 길에 들어섰을 때, 그들이 얼마나 기뻐했을지는 짐작이 가고도 남을 것이다.

11
조니 두잇

"갈수록 길이 험해지고 있어요."

터벅터벅 길을 걸어가던 도로시가 입을 열었다. 빛나는 단추는 깊은 한숨을 쉬더니 배가 고프다고 징징거렸다. 사실 모두들 배가 고프고 목이 말랐다. 아침 이후로 사과 한 쪽 이외에는 아무것도 먹지 못했기 때문이었다. 그들의 발걸음은 자꾸만 늘어지고 축 처졌다. 그들은 피곤한 얼굴로 묵묵히 걸어갔다.

마침내 황량한 언덕 꼭대기를 간신히 힘들게 넘어선 그들은 발밑에 푸른 잔디가 펼쳐지고 푸른 나무들이 일렬로 서 있는 것을 발견했다. 바람이 불 때마다 향기로운 냄새가 가득 실려왔다.

몹시 지치고 더웠던 우리의 여행자들은 이 아름다운 광경을 보자, 한걸음에 달려갔다. 그리고 곧 나무들이 서 있는 숲 속으로 들어갔다. 그곳에는 맑은 물이 솟아나는 샘물이 있었고, 샘물을 둘러싼 풀밭에는 산딸기가 가득 자라고 있었다. 예쁜 딸기는 빨갛게 익어서 먹음직스러웠다. 어떤 나무에는 노란 오렌지가 달려 있었고, 또 어떤 나무에는 잘 익은 배가 달려 있었다. 배고픈 우리의 모험가들은 갑자기 마음껏 마시고 먹을 수 있게 된 것이다.

그들은 지체하지 않고 가장 커다란 산딸기와 가장 잘 익은 오렌지를 따서 배가 부를 때까지 실컷 먹었다. 다시 숲을 지나 걸어가던 여행자들은 그들 앞에 무시무시한 사막이 펼쳐져 있다는 사실을 깨달았다. 어디를 보나 온통 모래뿐이었다. 이 사막 가장자리에는 하얀 표지판에 검은 글씨가 똑똑히 씌어져 있었다. 그 글씨는 다음과 같았다.

> 어느 누구도 이 사막을 건너려는 모험을 하지 말 것.
> 죽음의 사막은 살아 있는 것은 무엇이든
> 즉시 먼지로 만들어버림.
> 이 경계 너머에는 오즈의 나라가 있음.
> 하지만 이 죽음의 사막 때문에 어느 누구도
> 그 아름다운 나라에 도달할 수가 없음.

"이런!"
털북숭이 노인이 이 표지판을 큰소리로 읽자, 도로시가 한숨을 쉬었다.

"휴, 전에도 이 사막을 본 적이 있어요. 어느 누구도 이 사막을 걸어서 건널 수 없다는 것은 사실이에요."

"그렇다면 우리도 안되겠군."

털북숭이 노인이 신중하게 말했다.

"앞으로 갈 수가 없지만 뒤로 돌아갈 수도 없는데! 이제 어떻게 해야 하지?"

"몰라요."

빛나는 단추가 말했다.

"저도 역시 모르겠어요."

도로시가 낙심한 목소리로 말했다.

"아버지가 나를 찾아오신다면 얼마나 좋을까!"

아름다운 무지개의 딸이 한숨을 쉬었다.

"그럼 너희 모두를 무지개에 태워줄 텐데. 그곳에서는 아침부터 밤까지 아무런 근심이나 걱정도 없이 눈부신 햇살을 받으며 춤을 출 수 있단다. 하지만 아버지는 지금 너무 바빠서 나를 찾아보실 수가 없을 거야."

"춤추기 싫어!"

빛나는 단추는 부드러운 풀밭 위에 털썩 주저앉았다. 도로시가 부드럽게 말했다.

"그렇게 말해주다니 정말 고마워, 폴리. 하지만 이 세상에는 무지개 위에서 춤을 추는 일보다 나에게 더 잘 어울리는 일들이 있단다. 어쨌든 무지개는 보기에는 무척 아름답지만, 내가 발로 밟고 다니기에는 너무 부드럽지 않을까 걱정스러워.”

이런 이야기를 주고받아도 그들이 처한 곤경을 해결하는 데에는 아무런 도움이 되지 않았다. 그들은 모두 아무 말 없이 서로를 멀뚱멀뚱 바라보았다.

“정말로 어떻게 해야 할지를 모르겠구나.”

털북숭이 노인이 토토를 뚫어져라 바라보며 중얼거렸다. 토토는 꼬리를 살랑거리며 멍멍 짖었다. 마치 토토 또한 어떻게 해야 할지 모른다고 말하는 것 같았다. 빛나는 단추는 나뭇가지를 하나 가져다가 땅을 파기 시작했다. 다른 사람들은 한동안 깊은 생각에 잠겨서 그 모습을 멍하니 지켜보고 있었다. 마침내 털북숭이 노인이 입을 열었다.

“이제 거의 밤이 되었구나. 그러니 이 아름다운 곳에서 잠을 자고 쉬도록 하자. 아마 아침이 되면 어떻게 해야 할지 결정할 수 있을 게다.”

아이들이 잘 수 있는 침대 따위는 없었다. 하지만 나뭇잎이 두껍게 깔려 있었기 때문에 밤이슬을 피할 수는 있었다. 털북숭이 노인은 낙엽이 가장 수북히 깔린 곳에 부드러운 풀을 쌓았다. 그리고 밤이 되자, 아이들은 그 위에 누워서 아침이 밝아올 때까지 편안하게 잠을 잤다.

그러나 모두들 깊이 잠이 든 후에도 한참 동안 털북숭이 노인은 샘물가에 앉아서 퐁퐁 솟아오르는 샘물을 곰곰이 바라보았다. 갑자기 노인의 얼굴에 미소가 떠오르더니, 뭔가 좋은 수가 있는 듯이 고개를 끄덕였다. 그리고 잠시 후

에는 나무 밑에 누워서 곧 깊은 잠에 빠져들었다.

다음날 밝은 아침 햇살을 받으며 그들은 산딸기와 즙이 많은 달콤한 배를 먹었다. 문득 도로시가 물었다.

"폴리, 너 혹시 마법을 부릴 줄 아니?"

"아니."

폴리크롬이 조그마한 머리를 살랑살랑 저었다.

"무지개의 딸이라면 한두 가지 마법쯤은 알고 있을 거야."

도로시가 진지하게 따져 물었다.

"구름 속의 무지개 위에서 사는 우리들은 마법을 쓸 필요가 없는걸."

폴리크롬이 말했다.

"이 사막을 건너서 오즈의 나라와 에메랄드 시로 갈 수 있는 방법을 찾는다면 얼마나 좋을까! 나는 벌써 여러 번이 사막을 건넌 적이 있단다. 처음에는 회오리바람이 우리 집을 싣고 갔고, 또 한번은 은구두가 나를 다시 집으로 데려다 주었지. 순식간에 말이야! 그 다음에는 오즈마가 마술 양탄자로 나를 건네주었고, 놈 왕의 요술 허리띠를 이용해서 다시 집으로 돌려보내 주었어. 처음을 제외하고는 모두 마법의 힘을 이용했던 거야. 그렇다고 지금 우연히 회오리 바람이 불어서 우리를 에메랄드 시로 데려가 주기를 기대할 수는 없는 일이지."

"물론 그럴 수는 없지."

폴리가 부르르 몸을 떨었다.

"어쨌든 나는 회오리바람이 싫어."

"그래서 네가 혹시 어떤 마술을 할 수 있나 물어 본 거야."

도로시가 말했다.

"니는 분명히 할 수 없어. 빛나는 단추도 분명 할 수 없을 거고 말이야. 유일한 마법은 털북숭이 아저씨가 갖고 있는 사랑의 자석뿐인데, 지금은 별로 도움이 되지 않아."

"그렇게 확신하지 마라, 우리 꼬마 아가씨야."

털북숭이 노인이 만면에 미소를 지으며 말했다.

"내가 직접 마법을 행할 수는 없을지 몰라도, 나를 사랑하는 힘있는 친구들을 불러 올 수는 있단다. 나는 사랑의 자석을 가지고 있으니까 말이야. 이 친구는 틀림없이 우리를 도와줄 수 있을 거야.”

“그 친구가 누군데요?”

도로시가 물었다.

“조니 두잇.”

“조니가 뭘 할 수 있는데요?”

“뭐든지.”

털북숭이 노인이 자신 있게 대답했다.

“그럼 당장 불러와요.”

도로시가 신이 나서 소리쳤다. 털북숭이 노인은 호주머니에서 사랑의 자석을 꺼내더니 자석을 싼 종이를 풀었다. 손바닥 위에 마법의 돌을 올려놓은 노인은 뚫어져라 돌을 바라보며 이렇게 중얼거렸다.

“조니 두잇, 나에게 오렴.
나는 네가 간절히 필요하단다.”

“자, 여기 왔네.”

명랑하고 가느다란 목소리가 들려왔다.

“하지만 그렇게 간절히 필요하다고 말할 것까지는 없었어. 나는 언제나, 언제나 달려올 준비가 되어 있으니까.”

재빨리 주위를 돌아본 도로시와 친구들은 우스꽝스럽게 생긴 조그마한 남자가 커다란 구리 상자 위에 걸터앉아 있는 것을 발견했다. 그 남자는 긴 담뱃대를 입에 물고 연기를 뿜어대고 있었다. 그의 머리카락과 수염은 모두 회색이었는데, 수염이 어찌나 길었던지 수염 끝을 허리에 감고서 가죽 앞치마 밑으로 단단히 묶고도 남았다. 턱 밑에서부터 두른 가죽 앞치마는 거의 발등까지 내려왔다. 여기저기 긁히고 꿰맨 자국이 있는 것으로 보아 상당히 오랫동안 사용한 것이 틀림없었다. 그의 코는 넓적하고 약간 들창코였다. 그리고 그의 눈은 별처럼 반짝거리며 웃음이 가득했다.

이 조그만 남자의 손과 팔은 가죽 앞치마만큼이나 튼튼하고 단단했다. 도로시는 조니 두잇이 평생 동안 힘든 일을 계속해온 사람처럼 보인다고 생각했다.

"잘 있었나, 조니?"

털북숭이 노인이 인사를 했다.

"이렇게 빨리 찾아와 줘서 정말 고맙네."

"나는 절대로 시간을 낭비하지 않으니까."

조니 두잇이 즉각 대답했다.

"그런네 무슨 일인가? 어쩌다가 당나귀 머리를 갖게 됐나? 세상에! 자네 발을 보지 않았더라면 자네를 전혀 못 알아볼 뻔했어."

털북숭이 노인은 조니 두잇에게 도로시와 토토 그리고 빛나는 단추와 무지개의 딸을 소개해주었다. 그리고 지금까지 겪은 모험 이야기와 오즈 나라의 에메랄드 시로 가고 싶어한다는 바람까지 모두 털어놓았다. 오즈 나라에는 도와줄 친구가 있어서 그들을 다시 안전하게 집으로 보내줄 수 있을 것이라는 이야기였다.

"하지만 우리는 지금 이 사막을 건널 수가 없다네. 이 사막에 닿기만 해도 살아 있는 것들은 모두 먼지로 변해버린다는 거야. 그러니 자네가 우리를 좀 도와주게나."

조니 두잇은 담배를 뻐끔뻐끔 피워댔다. 그리고 그들 앞에 펼쳐져 있는 그 무서운 사막을 주의 깊게 바라보았다. 사막은 끝이 보이지 않을 정도로 멀리까지 뻗어 있었다.

"뭔가를 타고 가야만 해."

조니 두잇이 불쑥 말했다.

"뭘 말인가?"

털북숭이 노인이 물었다.

"모래 보트 말일세. 그것은 배나 썰매처럼 모래 위를 달려간단 말이야. 사막 위에서 부는 강한 바람이 사막 너머로 모래 보트를 실어 날라 줄 걸세. 보트 안에 타고 있으면 모래도 닿지 않을 테니 자네의 살이 먼지로 변할 염려는 없을 거야."

"좋아요!"

도로시가 기쁨에 넘쳐 박수를 쳤다.

"마법의 양탄자도 그런 식으로 사막을 건너게 해주었어요. 우리는 그 끔찍한 모래에 전혀 닿지 않았죠."

"하지만 모래 보트가 어디 있나?"

털북숭이 노인이 주위를 돌아보았다.

"내가 자네를 위해서 하나 만들어주지."

이 말이 끝나자마자, 조니 두잇은 담뱃재를 털고 담뱃대를 호주머니 속에 집어넣었다. 그리고는 구리 상자의 뚜껑을 열었다. 도로시가 슬쩍 들여다보니 상자 안에는 온갖 모양과 종류의 연장이 가득 들어 있었다.

조니 두잇은 아주 민첩하게 움직였다. 어찌나 솜씨가 빨랐던지 그들은 조니 두잇이 하는 일을 그저 놀란 눈으로 바라보기만 할 뿐이었다. 그의 상자 안에는 필요한 재료와 연장이 다 들어 있었다. 그것은 아마도 마법의 연장임이 틀림없었다. 왜냐하면 너무나 빠르고 멋지게 일을 해냈기 때문이었다.

조니 두잇은 정신없이 작업을 하면서도 입으로는 짧은 노래를 흥얼거렸다. 도로시는 그 노래에 귀를 기울였다. 이런 비슷한 가사인 것 같았다.

"어떤 일을 하는 유일한 방법은
할 수 있을 때 그 일을 하는 것이라네.
즐겁게 노래를 부르며 일을 하라.
일을 하고 생각을 하고 계획을 세워라.
진정으로 불행한 단 한 사람은
가만히 움츠리고 있는 사람이지.
진정으로 행복한 단 한 사람은
일하는 것을 사랑하는 자라네."

조니 두잇은 연신 노래를 부르면서 무언가를 만들었다. 다른 친구들은 넋을 잃고 옆에 서서 그를 지켜보았다.

도끼를 손에 든 조니 두잇은 한두 번 만에 나무를 쓰러뜨렸다. 그 다음에는 톱을 들고 몇 분 만에 나무 몸통을 베어 넓고 긴 널빤지를 만들었다. 그리고 못을 쳐서 길이가 12피트 정도 되고 너비가 4피트 정도 되는 배를 만들었다. 조니 두잇은 키가 크고 호리호리한 나무를 베어서 잔가지를 쳐내고 보트의 중앙에 높이 세웠다. 돛대가 만들어진 것이다. 상자에서 밧줄 뭉치와 커다란 천을 꺼낸 조니 두잇은 여전히 노래를 흥얼거리면서 그것으로 돛을 만들고 돛대에 올리거나 내릴 수 있도록 장치했다.

도로시는 자신의 눈앞에서 순식간에 벌어지는 이 모든 일들을 보고 너무 놀라 입을 딱 벌리고 있었다. 빛나는 단추와 폴리도 온통 정신이 팔려 있었다.

"색칠을 해야겠군."

이렇게 말한 조니 두잇은 연장을 상자 안으로 던져 넣었다.

"그렇게 하면 배가 좀더 예뻐 보일 테니까 말이야. 물론 나는 단 3초 만에 배를 칠할 수 있지만, 칠이 마르려면 한 시간은 족히 걸릴 거야. 그건 시간 낭비가 아닐까?"

"배의 모양 따위는 상관이 없네. 그저 사막을 건네주기만 하면 돼."

털북숭이 노인이 말했다.

"그렇게 해줄 거야. 자네들이 걱정해야 할 것은 오직 배가 뒤집어지지 않도록 하는 것뿐일세. 혹시 배를 몰아본 적이 있나?"

조니 두잇이 물었다.

"옆에서 구경한 적은 있지."

털북숭이 노인이 대답했다.

"좋아. 자네가 보았던 대로 이 보트를 움직이면 돼. 아마 눈 깜짝할 사이에 사막을 건너게 될 걸세."

이렇게 말한 조니 두잇은 상자 뚜껑을 탁 닫았다. 그 소리에 모두들 놀라서 눈을 깜빡했다. 다시 눈을 떠보니 조니 두잇과 마법의 상자는 흔적도 없이 사라지고 없었다.

12
죽음의 사막을 건너다

“이런, 이럴 수가! 조니 두잇 아저씨에게 도와주셔서 고맙다고 인사를 하고 싶었는데!”

도로시가 안타깝게 부르짖었다.

“그 사람은 감사의 인사 따위를 듣고 있을 시간이 없단다. 그렇지만 분명히 우리가 얼마나 고마워하는지 알고 있을 거야. 아마 지금쯤 이 세상 어딘가에서 또 다른 일을 하고 있을걸.”

털북숭이 노인이 말했다.

그들은 완성된 모래 보트를 좀더 자세히 살펴보았다. 보트 바닥에는 모래 위를 미끄러져 나갈 수 있도록 두 개의 바퀴가 달려 있었다. 모래 보트의 앞쪽은 뱃머리처럼 뾰족하게 만들어졌고, 뒤쪽에는 방향을 조절할 수 있도록 키가 달려 있었다.

모래 보트는 사막 바로 가장자리에서 만들어졌기 때문에

배의 뒷부분을 제외하고는 대부분이 회색 모래 위에 올려
져 있었다.

"어서 타라, 애들아. 나는 이 세상 어느 선원 못지 않게
이 보트를 잘 조정할 자신이 있다. 너희들은 그저 조용히
앉아 있기나 하렴."

털북숭이 노인이 말했다. 도로시는 토토를 품에 안고 돛
대가 서 있는 배의 바닥에 앉았다. 빛나는 단추는 도로시의
앞에 앉았고 폴리는 뱃전에 몸을 기대었다. 털북숭이 노인
은 돛대 뒤에 무릎을 꿇고 앉았다. 모든 준비가 끝나자, 털
북숭이 노인은 돛을 반쯤 올렸다. 돛이 바람에 잔뜩 부풀더
니 순식간에 모래 보트가 앞쪽으로 달려나가기 시작했다.
처음에는 그다지 속도가 빠르지 않았지만, 점점 더 속력이
붙었다.

털북숭이 노인은 돛을 완전히 올렸다. 보트가 어찌나 빠르게 죽음의 사막 위를 달려가는지, 배에 탄 사람들은 한결같이 보트의 가장자리를 꽉 움켜쥐고 숨조차 제대로 쉬지 못했다.

모래는 파도처럼 구불구불했고 때로는 급히 경사가 진 곳도 많았다. 그러므로 보트는 위험스럽게 이리저리 흔들렸다. 하지만 완전히 뒤집히지는 않았다. 배가 너무 빠르게 달려가자, 슬슬 겁이 난 털북숭이 노인은 어떻게 하면 배를 천천히 움직이게 할 수 있을지 궁리했다.

"만약 우리가 이 사막 한가운데서 뒤집어진다면 우린 순식간에 한줌의 모래로 변해버릴 거야. 그렇게 되면 우리 목숨도 끝장이지."

하지만 다행히도 배는 뒤집어지지 않았다. 이윽고 뱃머리에 딱 달라붙어서 열심히 앞을 바라보던 폴리크롬이 저 앞에 검은 선이 보이는데 무엇인지 모르겠다고 말했다. 그 선은 순간 순간 커지더니 마침내 사막 끝의 울퉁불퉁한 바위로 변했다. 바위 위에는 초록색의 들판과 아름다운 나무들이 보였다.

"저것 봐요!"

폴리크롬은 털북숭이 노인에게 소리쳤다.

"천천히 가세요! 그러지 않으면 바위에 부딪혀 박살이 나겠어요."

폴리의 말을 들은 노인은 배의 속력을 줄이려고 애를 썼

다. 하지만 사정없이 몰아치는 바람은 돛을 가만두지 않았
고 마침내 줄이 뒤엉키고 말았다.

그들은 점점 더 커다란 바위로 다가갔다. 털북숭이 노인
은 완전히 절망에 빠지고 말았다. 미친 듯이 달려가는 모래
보트를 도저히 정지시킬 수가 없었던 것이다.

사막 가장자리에 도착한 그들은 바위를 향해 곧장 돌진했
다. 배가 부서지면서 도로시와 빛나는 단추, 토토와 폴리는
로켓처럼 곡선을 그리며 허공을 날아갔다. 그리고 푹신한
풀밭 위에 차례차례 떨어졌다. 땅에 떨어진 후에도 그들은
한동안 데굴데굴 굴러다니다가 비로소 멈출 수 있었다.

털북숭이 노인도 그들의 뒤를 따라 날아왔다. 제일 먼저
머리를 땅에 박은 노인은 토토 위에 털썩 주저앉았다. 몹시
화가 난 토토는 으르렁거리며 당나귀의 커다란 귀를 이빨
로 물고서 있는 힘껏 잡아 흔들었다. 털북숭이 노인은 강아
지를 떨쳐내고 주위를 살펴보았다.

도로시는 앞니 하나가 흔들린다는 것을 깨달았다. 땅에
떨어지면서 무릎과 이빨이 세게 부딪힌 것이다. 폴리는 찢
어진 자신의 얇은 옷을 슬픈 눈으로 바라보고 있었다. 빛나
는 단추의 여우 머리는 그만 두더지 구멍 속에 틀어박히고
말았다. 빛나는 단추는 통통한 다리를 미친 듯이 버둥거리
며 머리를 빼내려고 애를 쓰고 있었다.

그 외에는 이번 모험으로 특별히 다친 곳은 없었다. 털북
숭이 노인은 자리에서 일어나 빛나는 단추를 구멍에서 꺼

냈다. 그리고 사막의 가장자리로 가서 모래 보트가 어떻게 되었는지 살펴보았다. 바위에 부딪힌 보트는 이제 형체를 알아볼 수 없을 정도로 산산조각이 나서 사방에 흩어져 있었다. 찢겨진 돛은 바람에 실려 높은 나무 꼭대기에 걸린 채, 하얀 깃발처럼 퍼덕이고 있었다.

"그래, 마침내 이곳에 도착했구나. 하지만 여기가 어딘지 통 모르겠는걸."

노인이 유쾌한 목소리로 말했다.

"오즈 나라가 틀림없어요."

도로시가 노인의 곁으로 다가오면서 말했다.

"틀림없다고?"

"그렇고말고요. 우리는 사막을 건너왔잖아요. 그렇지 않나요? 그리고 오즈 나라의 한가운데에 에메랄드 시가 있어요."

"그렇겠지. 그럼 어서 그곳으로 가자."

털북숭이 노인이 고개를 끄덕였다.

"하지만 이 근처에는 아무도 보이지 않는군요. 길을 물어보면 좋을 텐데."

도로시가 실망한 듯이 말했다.

"찾아보자꾸나. 틀림없이 어딘가에 사람들이 있을 거야. 우리가 올 줄 몰랐을 테니까 먼저 우리를 환영하러 나올 리가 없지."

13
진실의 연못

그들은 새삼스럽게 주위를 좀더 자세히 살펴보았다. 황량한 사막을 건너온 후라 모든 것이 아름답고 새롭게 보였다. 눈부신 태양과 달콤하고 시원한 공기는 그들에게 커다란 기쁨을 선사했다. 오른쪽으로 조금 떨어진 곳에는 노란빛이 감도는 푸른 동산이 있었고, 왼쪽에는 잎이 무성한 커다란 나무들이 바람에 흔들리고 있었다. 나무에는 노란 꽃들이 활짝 피어 있었다.

부드러운 양탄자처럼 깔려 있는 잔디밭 위에는 미나리아재비와 금잔화와 앵초꽃이 점점이 흩어져 있었다. 이것을 둘러보던 도로시는 신중하게 말했다.

"윙키들의 나라에 온 것이 틀림없어요. 그 나라의 색깔은 노란색이거든요. 보세요! 여기 있는 모든 것이 온통 노란색이잖아요."

"나는 우리가 오즈의 나라에 온 줄 알았는데."

털북숭이 노인이 몹시 실망한 기색을 보였다.

"맞아요! 여기가 오즈예요. 오즈의 나라는 네 부분으로 나뉘어 있어요. 북쪽 나라에는 보라색의 길리킨들이 살고 있고요. 동쪽 나라에는 푸른색의 뭉크킨들이 살고 있지요. 남쪽 나라는 붉은색의 쿼들링이 살고 있고요, 여기 서쪽 나라는 노란색의 윙키들이 살고 있어요. 그리고 이 나라를 다스리는 사람은 바로 양철 나무꾼이죠."

"그 사람이 누구야?"

빛나는 단추가 물었다.

"그 사람이 내가 전에 말했던 양철로 만든 사람이야. 그의 이름은 닉 초퍼란다. 그는 위대한 마법사 오즈가 만들어 준 멋진 심장을 가지고 있지."

"어디서 사는데?"

소년이 다시 물었다.

"마법사? 오, 그 사람은 에메랄드 시에 살고 있어. 그 도시는 오즈 나라의 한가운데에 자리잡고 있지. 네 개의 나라가 서로 만나는 지점에 말이야."

"그래?"

빛나는 단추는 도로시의 설명을 이해하지 못하고 어리둥절해했다.

"에메랄드 시는 아주 멀리 떨어져 있는 게 분명하구나."

털북숭이 노인이 말했다.

"맞아요. 그러니까 당장 떠나는 것이 좋겠어요. 혹시 윙키들을 만날 수 있을지 한번 찾아보죠. 윙키들은 아주 친절한 사람들이에요.”

도로시와 친구들은 숲 속을 향해서 걸어가기 시작했다.

“제 친구들인 허수아비와 양철 나무꾼과 겁쟁이 사자와 함께 이곳에 온 적이 있어요. 모든 윙키들을 노예로 만든 못된 마녀와 싸우기 위해서였죠.”

“그래서 이겼니?”

폴리가 물었다.

“응, 내가 물 한 양동이로 그 마녀를 녹여버렸어. 마녀는 그것으로 끝나버렸지.”

도로시가 대답했다.

“그 이후로 윙키들은 자유로운 몸이 되었어. 그리고 닉 초퍼, 양철 나무꾼을 그들의 황제로 삼았지.”

“그게 뭔데?”

빛나는 단추가 물었다.

“황제 말이니? 오, 그것은 말하자면 시장님 같은 거야.”

“아하.”

소년이 고개를 끄덕였다.

“하지만 나는 오즈마 공주가 오즈를 다스리는 줄 알았는데.”

털북숭이 노인이 말했다.

“그건 그래요. 오즈마 공주는 에메랄드 시와 오즈에 있는 모든 나라를 다스리죠. 하지만 각 나라들은 제각기 군주를

모시고 있어요. 물론 오즈마처럼 큰 힘을 갖고 있지는 못하지만 말이죠. 그것은 마치 군대의 계급과 같아요. 군주들은 장군과 같고 오즈마 공주는 총사령관인 셈이죠."

이윽고 그들은 숲 속으로 들어섰다. 그곳에는 나무들이 동그란 원을 그리며 서 있었다. 그리고 굵은 가지가 서로 닿을 정도로 무성하게 가지를 뻗고 있었다. 빛나는 단추는 그것을 보고 나무들이 서로 악수를 한다고 말했다.

나무 그늘이 드리워진 공터 한가운데에는 크리스털처럼 투명하고 거울처럼 잔잔한 물웅덩이가 있었다. 그 웅덩이는 상당히 깊은 것 같았다. 웅덩이를 굽어보던 폴리크롬이 감탄의 한숨을 쉬었다.

"어머, 이건 거울이야!"

왜냐하면 자신의 아름다운 얼굴과 무지개 빛깔로 물든 하늘하늘한 옷이 수면 위에 그대로 비추어졌기 때문이었다.

도로시도 물 위로 고개를 숙이고 머리를 매만졌다. 사막의 세찬 바람 때문에 머리가 헝클어졌던 것이다. 빛나는 단추는 반대편 가장자리에서 자신의 모습을 비추어보고는 그만 울음을 터뜨렸다. 물 위에 나타난 여우 머리를 보고 가엾은 어린아이는 겁에 질린 것이다.

"나는 내 모습을 보고 싶지 않아."

털북숭이 노인이 서글프게 중얼거렸다. 그는 정말 당나귀 머리를 보고 싶지 않았다. 폴리와 도로시는 연못가에 힘없이 앉아 있는 빛나는 단추와 털북숭이 노인을 위로해주려고 애썼다. 노인은 자신의 모습이 비춰지지 않는 곳에 앉아서 연못을 바라보고 있었다.

그때 문득 그는 연못가 바위에 붙어 있는 은빛 표지판을 보았다. 표지판에는 이런 글씨가 새겨져 있었다.

진실의 연못

"이런!"

털북숭이 노인은 기쁨에 넘쳐서 벌떡 일어났다.

"마침내 찾아냈구나!"

"뭘 찾았다는 거죠?"

도로시가 노인 곁으로 달려왔다.

"진실의 연못 말이다. 이제 마침내 나는 이 끔찍한 머리에서 벗어날 수 있게 되었어. 너희들도 기억하고 있을 게다. 진실의 연못만이 나의 원래 모습을 되찾게 해줄 수 있다고 했던 말을 말이야."

"그럼 나도요!"

빛나는 단추가 종종걸음으로 달려오며 소리쳤다.

"물론이지. 두 사람 모두 그 이상한 머리를 고칠 수 있을 거야. 이 연못을 찾다니 정말 다행이에요!"

"그래, 정말이다. 솔직히 이런 모습으로 오즈마 공주 앞에 나가기는 죽기보다 싫었단다. 더구나 공주의 생일 연회에 말이다."

털북숭이 노인이 말했다. 그때 첨벙하고 물이 튀기는 소리가 들려와서 모두들 깜짝 놀랐다. 과연 이 연못이 자신을 치료할 수 있을지 알아보고 싶어서 안달이 난 빛나는 단추가 너무 연못 가까이 다가갔다가 그만 물 속으로 머리를 처박고 만 것이다. 물 속으로 가라앉은 소년은 완전히 모습이 사라져버렸다. 오직 선원 모자만이 진실의 연못 위에 둥둥 떠 있을 뿐이었다.

잠시 후에 소년이 다시 떠오르자, 털북숭이 노인은 재빨리 옷깃을 잡아서 물가로 끌어올렸다. 소년은 물을 뚝뚝 흘리며 숨을 헐떡였다. 다른 친구들은 놀라움에 가득 찬 눈으로 소년을 멍하니 바라보았다. 뾰족한 코와 귀가 달렸던 여우 머리가 사라지고 다시 푸른 눈동자와 곱슬거리는 머리카락이 있는 통통하고 둥근 얼굴이 나타난 것이다. 빛나는 단추는 폭스빌에 가기 전의 모습을 되찾았다.

"어머, 너무나 귀엽구나!"

폴리는 빛나는 단추가 물에 흠뻑 젖지만 않았더라면 당장이라도 꼭 끌어안을 기세였다.

"그래, 이제 너는 제 모습을 찾았어. 이리 와서 네 모습을 보렴."

도로시는 소년을 물가로 데리고 갔다. 수면 위에는 잔잔한 파문이 일고 있었지만, 빛나는 단추는 자신의 모습을 분명하게 볼 수가 있었다.

"바로 나야!"

소년은 놀라움과 기쁨에 목이 메어 나지막이 중얼거렸다.

"그래, 맞았어. 우리 모두 네가 본래 모습을 되찾게 되어서 정말 기뻐."

"자, 그럼 내 차례구나."

털북숭이 노인은 외투를 벗어서 풀밭 위에 내려놓더니 진실의 연못 속으로 머리를 집어넣었다. 그러자 순식간에 당나귀 머리가 사라지고 그 자리에 털북숭이 노인의 원래 머리가 나타났다. 덥수룩한 그의 수염에서는 물이 줄줄 흘러내렸다. 물가로 기어올라온 노인은 몸을 흔들어 물을 털어내었다. 그리고 물 위로 몸을 숙인 채, 신기한 듯이 자신의 얼굴을 바라보았다.

"사실 지금도 그다지 아름다운 얼굴이라고 말할 수는 없어."

진실의 연못

노인은 미소를 지으며 그를 바라보고 있는 친구들에게 말했다.

"하지만 적어도 당나귀보다는 내가 더 잘생긴 것 같구나. 그 점에 대해서는 자부심을 느낀단다."

"털북숭이 할아버지, 정말 잘됐어요. 빛나는 단추도 잘됐고요!"

도로시가 큰소리로 말했다.

"이제 진실의 연못에게 감사하다는 말을 하고 그만 에메랄드 시로 여행을 떠나도록 해요."

"나는 정말 떠나고 싶지 않구나."

털북숭이 노인이 한숨을 쉬며 중얼거렸다.

"진실의 연못이 항상 우리 곁에 있다면 좋을 거야."

그렇지만 어쩔 수 없이 외투를 집어든 노인은 다시 길을 가르쳐 줄 누군가를 찾아 친구들과 함께 출발했다.

14

틱톡과 빌리나

꽃들이 여기저기 피어 있는 들판 위를 얼마 지나지 않아서 그들은 예쁜 노란색 언덕 사이로 북동쪽을 향해 구불구불 이어져 있는 평탄한 길을 발견했다.

"이 길이 틀림없이 에메랄드 시로 가는 길일 거예요. 사람이나 집이 나올 때까지 이 길을 따라가는 것이 좋겠어요."

도로시가 말했다.

물에 흠뻑 젖었던 빛나는 단추의 선원복과 털북숭이 노인의 외투는 따뜻한 햇빛을 받아 금방 다시 말랐다. 게다가 본래 모습을 되찾은 것이 너무나 기뻤기 때문에 소년과 노인은 잠깐 동안 몸이 축축한 것쯤은 전혀 아랑곳하지 않았다.

"다시 휘파람을 불 수 있다니 정말 기쁘군. 당나귀의 입술은 너무 두꺼워서 휘파람을 불 수가 없었거든."

노인은 이렇게 말하며 새처럼 명랑하게 휘파람을 불기 시작했다.

"이제 생일 연회에 나가도 전혀 손색이 없겠어요."

털북숭이 노인이 그토록 행복해하는 모습을 보자, 도로시의 마음도 흐뭇했다.

폴리크롬은 언제나 그렇듯이 나비처럼 가볍게 춤을 추며 앞서 나가고 있었다. 평탄한 길 위에서 빙글빙글 몸을 돌리던 폴리의 모습은 곧 모퉁이를 돌아 시야에서 사라졌다.

잠시 후에 갑자기 폴리의 비명 소리가 들려오더니 정신없이 그들을 향해 되돌아오는 모습이 보였다.

"무슨 일이니, 폴리?"

도로시가 당황하며 물었다. 하지만 무지개의 딸이 굳이 설명할 필요가 없었다. 길모퉁이를 돌아서 조심스럽게 앞으로 나가자마자, 반짝반짝 윤이 나는 구리로 만든 뚱뚱한 남자가 햇빛 아래에서 빛나고 있었던 것이다. 구리로 만든 남자의 어깨 위에는 노란 암탉이 앉아 있었는데, 목에는 진주 목걸이를 걸고 있었다.

"오, 틱톡!"

도로시가 소리를 지르며 앞으로 달려갔다. 도로시가 다가오자, 구리로 만든 남자는 어린 소녀를 번쩍 들어올리더니 구리로 만든 입술로 소녀의 뺨에 입을 맞추었다.

"오, 빌리나!"

도로시는 기쁨에 넘쳐 어쩔 줄 몰랐다. 노란 암탉은 도로

시의 품안으로 뛰어들었다. 도로시와 암탉은 한동안 서로를 껴안고 어루만지느라 정신이 없었다.

다른 친구들은 그들을 빙 둘러싼 채, 호기심 어린 눈초리로 바라보고 있었다. 마침내 도로시가 그들에게 말했다.

"이쪽은 틱톡과 빌리나예요. 아! 이들을 다시 만나게 되어서 얼마나 기쁜지 모르겠어요."

"오즈-에 오신-것을 환영-합니다."

구리로 만든 남자의 억양은 단조롭고 기계적으로 딱딱 끊어졌다. 도로시는 노란 암탉을 품에 안고 길 위에 털썩 주저앉았다. 그리고 빌리나의 등을 쓰다듬기 시작했다.

"도로시, 너에게 전해줄 놀라운 소식이 있어."

"어서 빨리 말해봐, 빌리나."

도로시가 재촉했다. 바로 그때 화가 나서 계속 그르렁거리고 있던 토토가 날카롭게 짖으면서 노란 암탉을 향해 덤벼들었다. 암탉은 날개를 퍼덕거리며 도로시가 깜짝 놀랄 정도로 분노에 가득 찬 비명을 질렀다.

"그만, 토토! 당장 그만두지 못해! 너는 빌리나가 내 친구인 것도 모르니?"

도로시가 매섭게 꾸짖었다. 하지만 그런 경고에도 불구하고 만약 도로시가 재빨리 강아지의 목덜미를 붙잡지 않았더라면 노란 암탉은 커다란 봉변을 당할 뻔했다. 도로시의 손에 붙잡힌 후에도 토토는 미친 듯이 발버둥을 치면서 달아나려고 애를 썼다. 도로시는 토토의 귀를 한두 차례 때리고 얌전히 있으라고 소리쳤다. 그 동안 빌리나는 다시 틱톡의 어깨 위로 날아올라갔다. 그곳에서는 안전했기 때문이었다.

"어쩜 저렇게 사나울 수가!"

빌리나가 꼬꼬댁거리며 조그만 강아지를 째려보았다.

"토토는 사나운 개가 아니야."

도로시가 변명을 했다.

"하지만 집에 있을 때, 헨리 아저씨가 가끔 토토에게 닭을 잡아오도록 시켰거든. 자, 여기를 봐, 토토."

도로시는 토토를 꼭 붙잡고 엄하게 타일렀다.

"빌리나는 나의 가장 소중한 친구 중에 하나야. 그러니까 절대로 다치게 해서는 안돼. 앞으로 언제까지나 말이야. 알았지?"

토토는 알아들었다는 듯이 꼬리를 흔들었다.

“저 가엾은 것은 말도 할 줄 모르는군.”
빌리나가 빈정거렸다.
“아니야, 할 수 있어. 토토는 꼬리로 말을 하는걸. 그리고 나는 토토가 하는 말을 다 알아들을 수가 있어. 빌리나, 너도 꼬리를 흔들 수 있었다면 아마 말을 할 필요가 없었을 거야.”
“홍, 웃기고 있네!”
빌리나가 코방귀를 뀌었다.
“빌리나! 너는 여전히 말을 함부로 하는구나! 지금 토토는 미안하다고 말하고 있어. 그리고 나를 위해서 너를 좋아하도록 노력해보겠다고 말하는걸. 그렇지, 토토?”
“멍멍!”
토토는 다시 꼬리를 흔들면서 짖었다.
“어쨌든 너에게 전해줄 멋진 소식이 있어, 도로시.”
노란 암탉이 큰소리로 말했다.
“그러니까 내가…….”
“잠깐만 기다려.”
도로시가 빌리나의 말을 가로막았다.
“먼저 너에게 내 친구들을 소개해줄게. 빌리나, 그게 예의라고 생각해. 우선 이쪽은 틱톡 씨예요.”
도로시는 함께 여행한 친구들을 돌아보며 말했다.
“기계로 작동되죠. 생각 태엽을 감고, 말하는 태엽을 감고, 행동 태엽을 감는 거예요. 시계처럼 말이죠.”

“그걸 모두 한꺼번에 감는단 말이니?”

털북숭이 노인이 물었다.

“아니요. 제각기 따로 있어요. 틱톡은 정말 멋지게 작동되죠. 그는 정말 좋은 친구예요. 내 목숨을 구해주고, 빌리나의 목숨도 구해주었죠.”

“살아 있어?”

빛나는 단추가 구리로 만든 남자를 뚫어져라 바라보며 물었다.

“오, 그런 건 아니야. 하지만 기계 장치가 너무나 훌륭해서 살아 있는 것이나 마찬가지란다.”

도로시는 틱톡에게 몸을 돌려 예절 바르게 말했다.

“틱톡 씨, 이쪽은 제 친구들이에요. 털북숭이 할아버지, 무지개의 딸인 폴리크롬, 빛나는 단추 그리고 토토. 이 중에서 토토는 예전에 한번 오즈에 와본 적이 있어요.”

틱톡은 구리로 만든 모자를 벗으며 공손하게 절을 했다.

“도로-시의-친구-들을-만나게-되어-정말- 기-기-기……”

갑자기 틱톡이 말을 멈췄다.

“이런, 말하는 태엽을 감아줘야 하나봐!”

틱톡의 뒤로 돌아간 도로시는 틱톡의 뒷주머니에서 열쇠를 꺼냈다. 그리고 오른팔 밑에 있는 태엽 장치를 감아주었다.

“동작-을-멈춰서-죄송-합니다. 도로-시의-친구들을-

만나게 - 되어 - 정말 - 기쁘다 - 는 - 말을 - 하려고 - 했습니다.
도로 - 시의 친구 - 는 바로 제 - 친구랍니다."
틱톡의 말투는 좀 이상했지만, 쉽게 알아들을 수 있었다.
"그리고 이쪽은 빌리나예요."
도로시가 노란 암탉을 소개하자, 모두들 차례차례 인사를
나누었다.
"멋진 소식이 있다니까."
암탉은 초조한 듯이 두 눈을 반짝거리며 도로시를 향해
돌아섰다.
"그게 뭔데?"
도로시가 물었다.
"내가 이 세상에서 가장 사랑스러운 병아리 열 마리를 부
화시켰단다."
"어머나! 정말 멋지구나. 그 병아리들은 어디 있니, 빌리
나?"
"집에 두고 왔지. 그 병아리들은 너무너무 예쁘고 모두가
놀랄 만큼 똑똑하단다. 그 병아리들에게 도로시라는 이름
을 붙였어."
"어느 병아리에게?"
"병아리 모두에게 말이야!"
"그것 참 재미있구나. 그런데 이름이 전부 똑같으면 어떻
게 병아리들을 부르니?"
"병아리들에게 제각기 이름을 붙여주려면 너무 힘들잖

아. 하지만 이 병아리들은 '도로시야!' 하고 한 번만 부르
면 열 마리가 한꺼번에 달려오거든. 한 마리씩 따로따로 부
르는 것보다 얼마나 더 쉬운데."

암탉이 설명했다.

"어서 빨리 그 병아리들을 보고 싶어 죽겠어, 빌리나."

도로시가 말했다.

"아, 그리고 빌리나, 여기 윙키들의 나라에는 무슨 일로
왔는지 말해주렴."

"제가 설명-하겠습니다."

틱톡이 기계적인 목소리로 말했다. 그는 단 한 가지 음으
로밖에는 말할 수가 없었던 것이다.

"오즈-마 여왕님-께서 마법-의 그림 속에 나-타난 당
신-의 모습-을 보셨-습니다. 그리고 당신-이 이곳-으로
온다-는 것을 아시고 저와 빌리-나를 보내어 마중-하게 하
신-것입니다. 여왕-님은 직접 오시지-못했-습니다. 피
지-디글 컴-소-루트 인-튜-지-비크……."

"어머나! 이게 어찌 된 일이지?"

도로시가 깜짝 놀라 소리쳤다. 틱톡이 알아들을 수 없는
말을 마구 지껄이기 시작했기 때문이었다. 아무도 그 말을
이해할 수가 없었다.

"나는 몰라."

빛나는 단추가 겁에 질려 말했다.

폴리는 빙빙 돌며 멀찌감치 달아났다가 다시 가까이 다가

와서 틱톡을 바라보았다.

"이번에는 생각하는 태엽이 다 되었나봐."

틱톡의 어깨 위에 앉아서 깃털을 고르고 있던 빌리나가 태연하게 말했다.

"생각을 할 수 없으면 제대로 말을 할 수가 없거든. 너희 들도 마찬가지야. 도로시, 틱톡의 태엽을 감아주겠니? 아 니면 내가 그의 말을 대신 전해주든지."

도로시는 틱톡의 뒤로 돌아가서 다시 열쇠를 꺼냈다. 그 리고 왼쪽 팔 밑에 있는 태엽 장치를 감자, 틱톡은 다시 보 통 때처럼 말을 하기 시작했다.

"죄송-합니다. 하-지만 생각-태엽이 풀어지면 제 말은 아무-런 뜻도 없게 됩-니다. 말은 오직 생각-으로 이루어- 지니까요. 조금-전에 오즈-마 여왕님-께서 여러분을 환 영-하기 위해 저희-를 보내-셨으며 여러-분들을 곧장 에 메-랄드 시로 초청-하셨다는 소식-을 전하려-고 했습니 다. 여왕-님은 너무 바-쁘셔서 직접 오시-지 못했습니다. 생일 연회-를 준비-하는 일 때문-입니다."

"그 이야기는 나도 들었어. 우리가 늦지 않게 도착해서 정말 다행이야. 여기서 에메랄드 시까지는 아직도 많이 남 았니?"

"그렇-게 멀지 않-습니다."

틱톡이 대답했다.

"그리고 아직 시-간이 많-습니다. 오늘-밤 우리는 양철-

나무꾼의 궁전-에서 묵을 것-입니다. 내일 저녁이면 에
메-랄드 시에 도착-할 것입니다."

"우와! 신난다!"

도로시가 소리쳤다.

"닉 초퍼를 보고 싶었어! 초퍼의 심장은 어때?"

"별 일 없어. 양철 나무꾼의 말에 따르면 그의 심장은 날
이 갈수록 점점 더 착하고 부드러워지고 있대. 지금은 성에
서 도로시가 오기만을 손꼽아 기다리고 있어. 오즈마 공주
의 연회에 참석하기 위해서 번쩍번쩍 광을 내느라고 우리
와 함께 오지 못했지만 말이야."

빌리나가 말했다.

"자, 그럼 어서 길을 떠나자. 걸어가면서도 이야기는 나
눌 수 있을 거야."

그들은 금방 서로 다정한 친구가 되어 나란히 걸어갔다.
폴리크롬은 틱톡이 전혀 무섭지 않다는 사실을 깨닫고는
더 이상 그를 피하지 않았다. 빛나는 단추도 곧 경계심을
풀고 틱톡에게 상당한 호기심을 보였다. 빛나는 단추는 기
계 인간이 가슴을 열고 바퀴가 돌아가는 것을 보여주기를
바랐지만, 그것은 틱톡이 할 수 없는 일이었다. 그 대신 빛
나는 단추는 틱톡의 태엽 장치를 감아보고 싶어했다. 도로
시는 태엽 중에 하나가 풀어지면 당장 감게 해주겠다고 약
속했다. 이 말을 들은 빛나는 단추는 아주 신이 나서 틱톡
의 구리 손을 꼭 붙잡고 길을 걸어갔다.

　도로시는 틱톡의 다른 편에 서서 걸어갔다. 빌리나는 틱톡의 어깨나 구리 모자 위를 번갈아 옮겨다녔다. 폴리는 또다시 즐겁게 춤을 추며 앞으로 나갔다. 그러자 토토도 멍멍 짖으면서 그 뒤를 쫓아갔다. 털북숭이 노인은 조금 뒤에서 혼자 따라왔다. 하지만 그 사실에 대해 조금도 기분 나빠하는 것 같지 않았다. 오히려 유쾌하게 휘파람을 불거나 주위의 아름다운 풍경을 호기심 어린 눈초리로 바라보며 걸어갔다.

　마침내 그들은 닉 초퍼의 성이 한눈에 바라다보이는 언덕 꼭대기에 이르렀다. 성의 뾰족한 탑은 저물어 가는 석양빛을 받아 웅장하게 번쩍거렸다.

　"너무 예쁘다!"

　도로시가 감탄했다.

“양철 나무꾼 황제의 새 집은 처음 봐!”

“옛날 성이 너무 습기가 찼기 때문에 양철 몸통에 녹이 슬까봐 다시 지은 거야. 뾰족한 탑과 첨탑, 둥근 지붕, 기둥이 모두 양철로 지어졌어.”

빌리나가 설명을 했다.

“저거 장난감이야?”

빛나는 단추가 물었다.

“아니야. 그보다 훨씬 더 좋은 거란다. 환상의 나라 황제가 사시는 환상의 집이야.”

15

황제의 양철성

닉 초퍼의 새로 지은 성 주변에는 온통 아름다운 꽃들이 가득했다. 정원 한가운데에는 수정처럼 맑은 물을 내뿜는 분수와 황제의 가까운 친구들을 기리는 양철 조각상이 세워져 있었다. 도로시는 성 입구로 들어가는 길가에 자신과 똑같이 생긴 양철 조각상이 세워져 있는 것을 보고 놀랍기도 하고 기쁘기도 했다. 실물 크기와 똑같이 만들어진 조각상은 차양이 달린 모자를 쓰고 팔에는 바구니를 끼고 있었다. 그것은 도로시가 처음 오즈의 나라에 왔을 때와 똑같은 모습이었다.

"오, 토토. 너도 여기 있구나!"

도로시가 큰소리로 외쳤다. 과연 양철로 만든 토토의 상이 도로시의 상 발치에 놓여 있었다.

그 외에도 허수아비와 마법사, 오즈마, 틱톡을 포함한 수많은 친구들의 조각상이 세워져 있었다. 그것들은 양철성

으로 들어가는 웅장한 양철문 앞까지 계속해서 이어졌다. 그때 양철 나무꾼이 문을 열고 뛰어나와 도로시를 반갑게 껴안았다. 도로시의 다른 친구들도 똑같이 따뜻한 환영을 받았다.

무지개의 딸을 보자, 양철 나무꾼은 지금까지 이렇게 아름다운 모습은 한번도 본 적이 없었다며 감탄을 금치 못했다. 그리고 빛나는 단추의 곱슬머리를 다정하게 어루만져 주었다. 양철 나무꾼은 어린아이들을 특히 좋아했다. 털북숭이 노인에게는 두 손으로 악수를 청했다.

윙키 나라의 황제이며, 오즈 나라에서는 양철 나무꾼으로 더 많이 알려져 있는 닉 초퍼는 확실히 특별한 사람이었다. 그는 양철로 정교하게 만들어졌으며, 훌륭하게 움직이는 관절을 가지고 있었고, 팔과 다리는 너무나 교묘하게 몸통과 연결되어 있어서 보통 육체를 가진 사람들과 거의 다를 바가 없었다.

한때는 자신도 보통 육체를 가진 사람이었다고 양철 나무꾼은 털북숭이 노인에게 설명했다. 그때는 숲에서 나무를 해다가 하루하루 먹고 살았다. 하지만 번번이 도끼가 손에서 미끄러지면서 그의 몸의 일부를 잘랐고 그때마다 양철로 그 자리를 대신했다. 결국에는 아무것도 남지 않고 완전히 양철 몸뚱이만 남았다. 그렇게 해서 진짜 양철 나무꾼이 탄생한 것이다. 그리고 위대한 마법사 오즈는 옛날 심장을 대신하여 훨씬 훌륭한 심장을 주었다. 그렇기 때문에 나무꾼은 양철 인간이 되었어도 전혀 개의치 않는다고 말했다. 모든 사람들이 그를 사랑하고 그도 모든 사람을 사랑했기 때문이다. 그러므로 언제까지나 행복하게 잘 살 수 있다는 것이다.

황제는 새로 지은 양철성을 무척 자랑스럽게 생각했다. 그리고 손님들에게 모든 방을 구경시켜 주었다. 방안에 있는 가구들은 아무리 사소한 것까지도 모두 번쩍번쩍 윤을 낸 양철로 만들어져 있었다. 탁자와 의자, 침대, 심지어 마루와 벽까지도 양철이었다.

"이 세상에 윙키들보다 더 솜씨 좋은 대장장이들은 없을 거야. 캔자스에 이런 성을 세운다면 무척 힘들 것 같은데? 그렇지 않니, 도로시?"

"아주 힘들 거야."

도로시가 진지하게 대답했다.

"돈도 아주 많이 들겠지."

털북숭이 노인이 한마디 거들었다.

"돈이라고요! 오즈에서 돈을 들먹이다니!"

양철 나무꾼이 기가 막힌다는 듯이 두 손을 번쩍 들었다.

"참으로 해괴망측한 생각이군! 오즈에서 돈처럼 천박한 물건을 사용할 거라고 생각하는 건가요?"

"그럼 왜 안되는 거요?"

털북숭이 노인이 물었다.

"만약 우리가 다른 사람을 기쁘게 해주려는 소망과 사랑과 친절한 마음 대신에 돈을 가지고 물건을 사기 시작한다면, 오즈는 세상의 다른 곳과 전혀 다를 바가 없게 될 겁니다."

양철 나무꾼이 엄숙하게 선언했다.

"다행히도 오즈 나라에서는 돈이라는 것을 알지 못합니다. 이곳에는 부자도 가난한 사람도 없어요. 자기가 원하는 대로 다른 사람을 기쁘게 해주기 위해서 뭐든지 나누어주려고 하니까요. 오즈 나라에 있는 사람들은 자기에게 필요한 만큼 이외에는 더 이상 가지려고 하지 않는답니다."

"아주 훌륭하군요!"

이 말을 들은 털북숭이 노인은 무척 기뻐했다.

"나 또한 돈을 경멸합니다. 버터필드에 사는 어떤 사람이 나에게 15센트를 빚진 적이 있죠. 하지만 나는 기쁜 마음으로 그 사람에게 준 것이기 때문에 절대로 그 돈을 돌려받고 싶지 않았습니다. 오즈의 나라는 이 세상에서 가장 아름다운 나라가 분명합니다. 그리고 이곳에 사는 사람들은 세상에서 가장 행복한 사람들이에요. 나도 영원히 이곳에서 살고 싶군요."

양철 나무꾼은 감탄할 만큼 주의 깊게 노인의 말에 귀를 기울였다. 이미 양철 나무꾼 또한 털북숭이 노인을 좋아하게 되었던 것이다. 물론 그는 사랑의 자석에 대해서는 전혀 아는 바가 없었다. 그러므로 양철 나무꾼은 이렇게 말했다.

"오즈마 공주님께 당신이 정직하며 진실하고 우리의 친구가 되기에 합당한 사람이라는 것을 증명할 수만 있다면, 당신은 평생토록 이곳에서 우리처럼 행복하게 살 수가 있습니다."

"한번 노력해 보겠소."

털북숭이 노인은 진심으로 말했다.

"자, 이제부터 모두들 각자의 방으로 돌아가서 저녁 식사가 준비될 때까지 쉬세요. 저녁은 대연회장에 준비될 것입니다. 죄송하지만, 털북숭이 할아버지. 갈아입으실 옷을 준비해 드리지 못할 것 같군요. 저는 오직 양철만 입기 때문에 당신에게 맞지 않을 것 같습니다."

"나는 옷 따위에는 신경 쓰지 않습니다."

털북숭이 노인이 무관심하게 말했다.

"그럴 거라고 짐작했습니다."

황제는 진심 어린 예의를 갖추어 대답했다. 각자의 방으로 들어간 그들은 나름대로 옷매무새를 가다듬고 다시 대연회장에 모였다. 이 자리에는 토토도 참석했다. 황제가 도로시의 작은 강아지를 무척 예뻐했기 때문이었다. 도로시는 친구들에게 오즈에서는 모든 동물들이 사람과 똑같은 대접을 받는다고 설명했다.

"행동만 얌전하게 한다면 말이야."

도로시는 토토를 바라보며 한마디 덧붙였다. 물론 토토는 아주 얌전하게 행동했다. 도로시 옆에 놓인 높은 의자에 앉아서 자기 앞에 놓여진 양철 접시 위의 음식을 조용히 먹었던 것이다.

그들이 먹고 있는 접시는 모두 양철로 만든 것이었다. 예쁜 모양으로 만들어졌고 번쩍번쩍 윤이 났기 때문에 도로시는 은그릇만큼이나 훌륭하다고 생각했다.

빛나는 단추는 '배고픔을 전혀 모르는' 양철 나무꾼을 신기한 듯이 바라보았다. 양철 나무꾼은 비록 손님들을 위해 성대한 만찬을 준비하기는 했지만, 음식에는 손도 대지 않은 채 조용히 자기 자리에 앉아 있었던 것이다. 그리고 손님들이 마음껏 먹을 수 있도록 음식이 넉넉하게 준비되고 있는지를 살폈다.

저녁 식사 시간에 빛나는 단추를 가장 기쁘게 한 것은 양철 오케스트라였다. 그들은 손님들이 식사를 하는 동안 감미로운 음악을 연주했다. 물론 연주자들은 양철 인간이 아

OZ TWO STEP

니라 평범한 윙키들이었다. 하지만 그들이 연주하는 악기는 모두 양철로 만든 것이었다. 양철 트럼펫, 양철 바이올린, 양철 드럼, 심벌즈, 플룻, 혼, 그밖에 모든 것이 양철로 만든 악기였다.

양철 나무꾼에 대한 존경심을 표현하기 위해 H. M. 위글벌레 T. E. 씨가 작곡한 〈번쩍이는 황제의 왈츠〉를 어찌나 멋지게 연주했던지, 폴리는 춤을 추고 싶어서 견딜 수가 없었다. 그리하여 그녀를 위해 갓 따온 이슬을 몇 방울 마시고서 황급히 자리에서 일어나 음악에 맞추어 우아하게 춤을 추었다. 그 동안 다른 사람들은 식사를 끝냈다.

폴리가 무지개 빛의 하늘하늘한 옷자락을 구름처럼 펄럭이며 몸을 빙빙 돌리자, 양철 나무꾼은 무척 기뻐하면서 양철 손바닥으로 열렬히 박수를 쳤다. 어찌나 그 소리가 시끄러웠는지 심벌즈의 소리가 들리지 않을 정도였다.

비록 폴리크롬은 거의 먹지 않았고 정작 주인은 음식에 손도 대지 않았지만, 참으로 즐겁고 흥겨운 식사였다.

"무지개의 따님이 안개 케이크를 먹지 못한 것이 안타깝구나."

양철 나무꾼이 도로시에게 말했다.

"실수로 폴리 양의 안개 케이크가 잘못 놓였단다. 아침에는 꼭 먹을 수 있게 해야겠어."

그들은 저녁 내내 이야기꽃을 피웠다. 그리고 다음날 아침이 되자, 모두 양철성을 떠나 에메랄드 시로 가는 길로 들어섰다. 양철 나무꾼은 물론 그들과 함께 길을 떠났다. 오랫동안 공을 들여 양철을 손질했기 때문에 그의 몸은 은처럼 빛났다. 항상 몸에 지니고 다니는 그의 도끼 날은 양철을 도금한 강철이었으며, 도끼의 손잡이에는 다이아몬드가 박히고 정교하게 무늬를 새긴 양철판이 씌워져 있었다.

윙키들은 성문 앞에 모여서 길을 떠나는 황제에게 손을 흔들어주었다. 백성들이 황제를 얼마나 좋아하는지 한눈에 알 수 있었다.

16
호박밭을 찾아가다

    그날 아침에 도로시는 빛나는 단추에게 틱톡의 태엽 장치를 감도록 했다. 소년은 먼저 생각 태엽을 감고 그 다음에 말하는 태엽을 감고 마지막으로 행동 태엽을 감았다. 이제 에메랄드 시에 도착할 때까지, 틱톡은 완벽하게 움직일 것이다. 구리로 만든 틱톡과 양철 나무꾼은 사이 좋은 친구였다. 하지만 다른 사람들이 생각하는 것처럼 그렇게 비슷하지는 않았다. 왜냐하면 한 사람은 정말로 살아 있었고, 다른 한 사람은 기계로 움직였기 때문이다. 또 한 사람은 키가 크고 호리호리했지만, 다른 한 사람은 작고 뚱뚱했다.

여러분들은 양철 나무꾼의 착하고 친절하고 소박한 마음씨 때문에 그를 사랑할 것이다. 하지만 기계 인간은 오직 감탄할 수 있을 뿐, 사랑할 수는 없을 것이다. 재봉틀이나 자동차를 사랑할 수 없는 것처럼 그와 같은 기계를 사랑하는 것은 불가능한 일이니까 말이다.

그렇지만 오즈 사람들 사이에서 틱톡은 아주 인기가 높았다. 언제나 믿음직스럽고 진실하고 성실하기 때문이었다. 그는 또한 하기로 정해진 일에 대해서는 어떤 상황, 어떤 순간에서든 반드시 정확하게 해냈다. 아마도 의무를 이행하는 데 있어서는 살과 피를 가진 인간보다도 기계가 훨씬 더 우수할 것이다. 때로는 죽은 진실이 살아 있는 거짓보다 나은 법이다.

정오가 되었을 때, 우리의 여행자들은 넓은 호박밭에 당도했다. 호박이야말로 노란 윙키 나라에 가장 잘 어울리는 야채였다. 어떤 호박들은 깜짝 놀랄 만큼 엄청난 크기로 자라고 있었다. 그들이 밭에 들어서자마자, 무덤처럼 보이는 세 개의 작은 봉우리를 발견했다. 그 봉우리 앞에는 예쁜 돌비석이 하나씩 세워져 있었다.

“이게 뭐지?”

도로시가 고개를 갸우뚱했다.

“호박머리 잭의 개인 묘지야.”

양철 나무꾼이 대답했다.

"하지만 오즈에서는 아무도 죽지 않는다고 알고 있었는
데."

도로시가 말했다.

"물론 죽지 않아. 아주 나쁜 짓을 해서 착한 사람들 손에
죽는 경우는 있지만 말이야."

도로시는 작은 무덤 앞으로 달려가서 비석 위에 새겨진
글씨를 읽어보았다. 첫번째 비석에는 다음과 같이 새겨져
있었다.

여기 호박머리 잭의 일부가 묻히다.
4월 9일에 망가짐

도로시는 다음 비석을 읽어보았다.

여기 호박머리 잭의 일부가 묻히다.
10월 2일에 망가짐

세번째 비석에는 이렇게 새겨져 있었다.

여기 호박머리 잭의 일부가 묻히다.
1월 24일에 망가짐

"가엾은 잭! 몸의 일부가 세 번이나 망가지다니 정말 안

됐어. 잭을 꼭 다시 보고 싶었는데 말이야!"

도로시가 한숨을 쉬었다.

"곧 보게 될 거야."

양철 나무꾼이 자신 있게 단언했다.

"잭은 아직 살아 있으니까 말이야. 나와 함께 그의 집으로 가자. 잭은 지금 농부가 되어 이 호박밭에서 살고 있어."

그들은 엄청나게 크고 속이 텅 빈 호박을 향해 걸어갔다. 그 호박에는 껍질을 잘라서 만든 문과 유리창이 나 있었다. 호박 줄기는 연기가 빠져나가는 굴뚝으로 사용되고 있었고 현관 앞에는 여섯 칸의 계단까지 만들어져 있었다.

문 앞까지 다가간 그들은 안을 들여다보았다. 긴 의자 위에 누덕누덕 기운 셔츠와 빨간 조끼, 그리고 색이 바랜 푸른 바지를 입은 사람이 앉아 있었다. 그의 몸은 나무 막대기를 엉성하게 엮어 만들어 놓은 것이었다. 목 위에는 둥글고 노란 호박이 놓여 있었는데, 종종 소년들이 호박 등불을 만들 때 하듯이 눈, 코, 입이 조각되어 있었다.

이 이상한 사람은 나뭇가지로 만든 손가락으로 호박씨를 던지는 일에 열중하고 있었다. 방 반대편에 걸려 있는 목표물을 맞추려는 것이었다. 그는 도로시가 소리치기 전까지 아무런 눈치도 채지 못했다.

"호박머리 잭이구나!"

재빨리 고개를 돌린 그는 도로시와 친구들을 발견했다.

JACK

그리고 당장 밖으로 달려나와 캔자스의 어린 소녀와 닉 초
퍼를 맞아들였다. 도로시는 새로운 친구들을 소개했다.

처음에 빛나는 단추는 좀 괴상하게 생긴 호박머리 잭을
보고 낯설어했다. 하지만 잭의 얼굴은 언제나 활짝 미소를
짓고 있었으므로 소년은 곧 그를 좋아하게 되었다.

"조금 전에 나는 네가 세 번이나 무덤에 묻혔다고 생각했
어. 그런데 지금 보니 옛날과 조금도 다름이 없구나."

"꼭 같은 것은 아니야. 왜냐하면 내 입은 예전보다 한쪽
으로 조금 기울었거든. 그래도 상당히 똑같은 편이지. 이건
나의 새로운 머리란다. 그러니까 오즈마가 처음 나를 만들
어서 마법의 가루로 내게 생명을 불어넣어준 이후로 네번
째 바뀐 머리야."

"다른 머리는 어떻게 됐니, 잭?"

"망가져서 땅에 묻어주었어. 호박 파이조차 만들 수 없을 정도였거든. 그때마다 오즈마는 옛날 머리와 똑같은 모양의 새로운 머리를 만들어 주었지. 머리는 이렇게 자주 바뀌어졌지만 내 몸은 옛날 그대로야. 언젠가 한번은 호박을 찾지 못해서 무척 고생한 적이 있었단다. 호박이 나올 계절이 아니었거든. 어쩔 수 없이 나는 썩어서 망가져버린 머리를 그대로 쓰고 있어야만 했어. 이런 슬픈 경험을 한 뒤로 나는 직접 호박을 기르기로 결심했지. 다시는 호박을 구하지 못하는 처지에 놓이지 않으려고 말이야. 이제 나는 너희들이 보는 것처럼 멋진 밭을 만들었단다. 호박 농사가 잘되어서 사실 어떤 호박은 좀 지나치게 크기도 해. 머리로 사용할 수 없을 정도로 말이야. 그래서 나는 호박 속을 파서 집으로 사용하고 있단다."

"축축하지는 않니?"

도로시가 물었다.

"전혀 그렇지 않아. 단단한 껍질만 남기고 속을 다 파내니까 말이야. 이 집도 꽤 오랫동안 쓸 수 있을 거야."

"잭, 너는 옛날보다 훨씬 더 똑똑해진 것 같다. 사실 지난번 네 머리는 너무 멍청했어."

양철 나무꾼이 말했다.

"이 종자가 훨씬 좋거든."

"그런데 너도 오즈마 공주의 연회에 갈 거니?"

도로시가 물었다.

"그럼. 무슨 일이 있어도 꼭 참석할 거야. 오즈마는 나의 부모나 마찬가지인걸. 내 몸을 만들고 내 호박 머리를 깎아 주었잖아. 나는 내일 아침에 너희들의 뒤를 쫓아서 에메랄드 시로 갈 거야. 그곳에서 다시 만나자. 오늘은 갈 수가 없어. 새로운 호박 씨앗을 심고 새싹에 물을 줘야 하거든. 오즈마에게 내 안부를 전해 줘. 그리고 연회에는 늦지 않겠다고 말해주렴."

"그럴게."

도로시가 약속했다. 그리고 그들은 호박머리 잭을 남겨둔 채, 다시 여행을 떠났다.

17
다시 만난 친구들

    서서히 윙키들의 노랗고 예쁜 집들이 보이기 시작했다. 길가를 따라 여기저기 서 있는 노란 집들 때문에 주위의 풍경이 훨씬 아름답고 풍요로워 보였다. 넓은 대로변에는 상록수 울타리나 노란 장미 넝쿨이 둘러쳐져 있었다. 말끔하게 손질된 농가로 이곳에 사는 사람들의 부지런한 손길을 느낄 수 있었다. 커다란 도시에 가까이 다가가면 갈수록 주위의 풍경은 더욱 풍요로워 보였다. 그들은 오즈의 나라 전체를 굽이굽이 흐르는 맑은 시냇물 위에 놓인 수많은 다리를 건넜다.

한가롭게 길을 걸어가고 있을 때, 털북숭이 노인이 양철 나무꾼에게 물었다.

"도대체 마법의 가루라는 것이 뭐죠? 그것이 당신의 친구 인 호박머리를 살아나게 했다던데?"

"그것은 생명의 가루라고도 불린답니다. 북쪽 나라의 산 속에 살고 있는 마법사가 만든 것이죠. 그런데 몸비라고 불 리는 마녀가 그 마법사에게서 생명의 가루를 좀 얻어 가지 고 왔죠. 그 당시에 오즈마는 마녀와 함께 살고 있었습니 다. 그러니까 우리의 공주가 되기 전의 일이에요. 몸비가 그녀를 소년으로 바꾸어 놓았답니다. 어쨌든 몸비가 마법 사를 찾아가고 없었을 때, 소년은 재미 삼아 호박머리 인형 을 만들었죠. 마녀가 돌아왔을 때, 깜짝 놀래주려고 했던 거예요. 하지만 몸비는 전혀 두려워하지 않고 오히려 마법 의 가루가 과연 효력이 있는지 시험해보기 위해서 호박머 리 인형에게 가루를 뿌렸답니다. 오즈마는 몰래 이 광경을 지켜보았죠. 과연 호박머리 인형은 살아서 움직이게 되었 습니다. 그날 밤 오즈마는 마법의 가루가 담긴 후추통을 훔 쳐서 호박머리 잭과 함께 달아났답니다."

털북숭이 노인은 흥미로운 듯이 열심히 듣고 있었다.

"다음날 그들은 길가에 버려져 있는 목마를 발견하고 마 법의 가루를 뿌려주었죠. 그러자 목마는 즉시 살아났답니 다. 오즈마와 호박머리 잭은 목마를 타고 에메랄드 시까지 갔습니다."

"그 이후에 목마는 어떻게 되었소?"

털북숭이 노인이 궁금하게 여겼다.

"아직도 살아 있답니다. 에메랄드 시에 도착하면 곧 만나게 될 겁니다. 나중에 오즈마는 마지막 남은 마법의 가루를 사용해서 날아다니는 검프에게 생명을 주었죠. 하지만 검프를 이용해서 적들의 손을 벗어나자마자, 검프는 곧 다시 해체되고 이제는 더 이상 존재하지 않는답니다."

"생명의 가루를 다 써버리다니 안타까운 일이군요. 가지고 다니면 아주 유용할 텐데 말이오."

털북숭이 노인이 말했다.

"그건 잘 모르겠습니다. 마법의 가루를 만든 마법사는 오래전에 벼랑에서 떨어져 목숨을 잃었답니다. 그래서 그의 모든 재산은 가까운 친척에게 넘어갔습니다. 다이나라고 하는 노파인데 에메랄드 시에서 살고 있죠. 그 노파는 마법사가 살고 있던 산으로 찾아가서 쓸모가 있다고 생각되는 물건은 모두 가지고 왔습니다. 그 중에는 생명의 가루가 담긴 작은 병도 있었죠. 물론 다이나는 그것이 생명의 가루인지도 몰랐어요. 그녀는 커다란 푸른 곰을 애완용으로 기르고 있었죠. 그런데 어느 날 생선뼈가 목에 걸려서 곰이 죽어버렸답니다. 곰을 무척이나 사랑한 다이나는 그 가죽을 벗겨서 깔개를 만들고 머리와 네 발까지 그대로 보존을 했죠. 그리고는 현관 통로 바닥에 깔았답니다."

"나도 그런 깔개를 본 적이 있소. 하지만 푸른 곰 가죽 깔개는 생전 처음 듣는군."

털북숭이 노인이 고개를 끄덕였다.

"노파는 병에 든 가루가 좀약이라고 생각했죠. 약간 좀약 같은 냄새가 나거든요. 그래서 어느 날 곰 가죽 깔개에다가 그 약을 뿌렸던 겁니다. 그리고 사랑스러운 눈길로 그 가죽을 바라보면서 이렇게 중얼거렸습니다. '내 귀여운 곰이 다시 살아난다면 얼마나 좋을까!' 그런데 그 말이 떨어지자마자, 곰 가죽 깔개가 즉시 살아나서 움직이는 것을 보고 노파는 기절할 듯이 놀랐답니다. 이제 그 살아 있는 곰 가죽 깔개는 그녀에게 아주 커다란 골칫거리가 되었죠."

"왜죠?"

"네 발로 서서 사방을 돌아다니고 있거든요. 그 바람에 깔개가 아주 엉망이 되었죠. 게다가 다시 살아났지만 그 곰은 말을 할 수가 없어요. 입은 말을 하려고 열심히 움직이지만, 입 밖으로 소리를 내보낼 수 있는 단단한 몸이 없기 때문이죠. 어쨌든 그 곰 깔개는 아주 처치 곤란한 물건이 되었어요. 노파는 그것을 다시 살아나게 한 것을 후회하고 있죠. 날마다 노파는 다른 사람들이 밟고 지나갈 수 있도록 복도에 납작하게 엎드려 있으라고 곰을 야단친답니다. 더구나 가끔씩 노파가 시장에 갈 때면, 곰 가죽 깔개가 네 발로 서서 그녀의 뒤를 따라 터벅터벅 걸어가기도 하죠."

"디아나는 그걸 좋아하지 않을까?"

도로시가 물었다.

"그렇지 않아. 모든 사람들이 진짜 곰이 아니라 텅 빈 껍질뿐이라는 사실을 알고 있거든. 그런 가죽은 깔개로 쓰는 것 이외에는 이 세상에 달리 쓰일 곳이 없단다."

양철 나무꾼이 대답했다.

"그러니까 내 생각에는 생명의 가루를 다 써버리고 만 것이 차라리 잘된 일 같아요. 더 이상 말썽을 일으키지 않을 테니까 말이죠."

"어쩌면 당신 말이 옳은지도 모르겠소."

털북숭이 노인은 곰곰이 생각에 빠졌다.

정오가 되자, 그들은 한 농가 앞에서 걸음을 멈추었다. 그 집의 농부와 아내는 기꺼이 그들에게 맛있는 점심 식사를 제공해주었다. 농부들은 누구나 도로시를 잘 알고 있었다. 이미 예전에 한번 본 적이 있었기 때문이었다.

농가를 떠나서 얼마 지나지 않았을 때, 넓은 강 위에 놓인 높은 다리가 나타났다. 양철 나무꾼의 설명에 따르면 이 강은 윙키의 나라와 에메랄드 시를 가르는 경계선이었다.

높은 다리 위에 올라선 도로시와 친구들은 저 멀리에서 번쩍거리는 화려한 둥근 지붕과 웅장한 뾰족탑들을 볼 수 있었다. 에메랄드 성벽 위로 높이 솟은 건물들은 눈부신 보석처럼 아름답게 빛났다. 털북숭이 노인은 놀라움과 경외감에 사로잡혀 깊은 한숨을 내쉬었다. 이렇게 아름답고 웅장한 곳이 정말로 있으리라고는 꿈도 꾸지 못했던 것이다. 아무리 오즈와 같은 환상의 나라라고 하더라도 말이다.

폴리 또한 기쁨에 들떠서 수정 같은 보랏빛 눈동자를 반짝이며 춤을 추기 시작했다. 그리고 친구들보다 앞장서서 다리를 건너갔다. 나무들이 줄지어 서 있는 커다란 대로에 들어선 폴리는 깜짝 놀라 걸음을 멈추고 나무들을 유심히 바라보았다. 나무에는 마치 타조 깃털처럼 생긴 나뭇잎들이 달려 있었는데 그 끝은 우아하게 꼬부라져 있었다. 그리고 폴리크롬이 입고 있는 얇고 긴 옷과 똑같이 고운 무지개빛으로 영롱하게 물들어 있었던 것이다.

"아버지도 이 나무를 보신다면 좋을 텐데."

폴리가 중얼거렸다.

"이 나무들은 아버지의 무지개만큼이나 아름답구나."

그 순간 폴리는 공포에 가득 찬 짧은 비명 소리를 내질렀다. 왜냐하면 울창한 나무 아래로 두 마리의 커다란 짐승이 어슬렁거리며 다가오고 있었기 때문이었다. 두 마리 모두

연약한 무지개의 딸 정도는 단 한 발로 짓뭉개버리거나 한 입에 꿀꺽 삼켜버릴 수 있을 정도로 몸집이 크고 사납게 보였다. 그 중에 한 마리는 거의 말만큼이나 커다란 사자였고 다른 한 마리는 똑같은 크기의 줄무늬 호랑이였다.

폴리는 너무 겁에 질린 나머지 소리를 지르거나 도망칠 수도 없었다. 그저 쿵쿵거리는 가슴을 부여잡고 땅에 못이 박힌 듯 가만히 서 있을 뿐이었다. 그때 도로시가 기쁨에 가득한 함성을 지르며 폴리의 곁을 지나 앞으로 달려갔다. 그리고 순식간에 무시무시한 사자의 목을 꼭 껴안으며 사자의 얼굴에 여러 번 입을 맞추는 것이었다.

"아, 다시 만나게 되어서 얼마나 기쁜지 몰라! 배고픈 호랑이도 있구나! 둘 다 아주 좋아 보이는걸? 행복하게 잘 지냈니?"

도로시가 소리쳤다.

"잘 지내고말고, 도로시!"

사자가 상냥하고 부드러운 목소리로 말했다.

"우리도 네가 오즈마의 생일 연회에 와주어서 정말 기뻐. 그건 정말 대단한 행사가 될 거야."

"그 연회에는 살찐 아기들도 많이 참석할 거야. 물론 나는 그 아기들을 잡아먹지 않을 테지만 말이야."

이렇게 말하면서 배고픈 호랑이는 입을 쫙 벌리고 하품을 했다. 그러자 커다란 입이 벌어지면서 날카롭고 뾰족한 이빨이 모두 드러났다.

"여전히 네 양심은 잘 움직이고 있니?"

도로시가 걱정스러운 듯이 물었다.

"그럼, 마치 독재자처럼 나를 완전히 지배하고 있어. 이 세상에서 양심을 지니는 것보다 더 불편하고 괴로운 일은 없을 거야."

호랑이는 풀죽은 목소리로 말했다. 그리고 친구인 사자를 향해 눈을 찡긋해 보였다.

"나를 속였구나!"

도로시가 깔깔거리며 웃었다.

"설령 네 양심이 없어진다고 해도 너는 절대 아기를 잡아먹지 않을 거야. 자, 이리와, 폴리. 내 친구들을 소개해줄게."

도로시가 폴리를 불렀다. 폴리는 수줍은 듯이 조심스럽게 다가왔다.

"도로시, 네 친구들은 다들 좀 이상하구나."

폴리가 나지막이 속삭였다.

"일단 친구가 되면, 겉모습 따위는 아무런 상관이 없어."

도로시가 대답했다.

"이쪽은 겁쟁이 사자야. 하지만 실제로는 전혀 겁쟁이가 아니란다. 단지 그렇게 생각했을 뿐이지. 위대한 마법사 오즈가 용기를 주었거든."

사자는 위풍당당한 태도로 폴리를 향해 절을 했다.

"당신은 무척 아름답군요. 앞으로 서로를 잘 알게 되면

부디 친구가 되고 싶습니다."

"그리고 이쪽은 배고픈 호랑이야."

도로시가 계속해서 소개했다.

"이 호랑이는 항상 살찐 아기들을 먹고 싶어 죽겠다고 말은 하지만 실제로는 절대로 배가 고프지 않아. 먹을 게 많거든. 그리고 설령 배가 아무리 고프다고 해도 누구를 해치거나 하지는 않아."

"쉿, 그만해라, 도로시."

호랑이가 나지막이 속삭였다.

"네가 조금만 더 떠들면 나의 평판을 완전히 망쳐놓을 것 같구나. 이 세상에서 중요한 것은 진짜 우리 모습이 아니라 다른 사람들이 우리를 어떻게 생각하느냐 하는 거야. 그리고 폴리 양을 보니 참으로 특별한 아침 식사거리가 될 거라는 생각이 드는구나."

18
에메랄드 시

이때 뒤따라오던 다른 친구들이 다가왔다. 양철 나무꾼과 사자와 호랑이는 열렬하게 포옹을 나누었다. 도로시가 빛나는 단추의 손을 잡고 두 마리의 짐승 앞으로 데리고 가려고 하자, 소년은 잔뜩 겁에 질려 울음을 터뜨렸다. 도로시는 그들이 아주 착하고 점잖은 친구들이라고 알려주었다. 마침내 빛나는 단추는 용기를 내어 머뭇거리며 그들의 머리를 쓰다듬어주었다. 호랑이와 사자는 상냥하게 말을 건넸다. 그들의 영리한 두 눈을 똑바로 마주보고 나자, 빛나는 단추의 두려움도 눈 녹듯이 사라졌다. 곧 호랑이와 사자를 무척 좋아하게 된 빛나는 단추는 그들의 곁에 바싹 매달려서 계속해서 부드러운 털을 쓰다듬었다.

털북숭이 노인 역시 만약 호랑이와 사자를 혼자서 만났거나 오즈가 아닌 다른 어떤 나라에서 만났었다면, 무척 놀라고 무서워했을 것이다. 하지만 오즈의 나라를 여행하면서 너무나 신기한 일들을 많이 겪었기 때문에, 그는 더 이상 웬만한 일에는 놀라지도 않았다.

한편 토토는 신이 나서 겁쟁이 사자를 향해 시끄럽게 짖어댔다. 이 늙은 짐승이 자기를 얼마나 좋아하는지 잘 알고 있었기 때문이었다. 커다란 사자가 앞발을 들어서 조그마한 강아지의 머리를 툭툭 두드리는 모습은 참으로 우스꽝스러웠다. 그리고 토토는 한동안 호랑이의 냄새를 킁킁 맡았다. 호랑이는 점잖게 발을 내밀어 악수를 했다. 강아지와 호랑이는 머지않아 다정한 친구가 될 것 같았다.

틱톡과 빌리나는 물론 그들과 잘 아는 사이였다. 그러므로 반갑게 인사를 나누고 오즈마 공주의 안부를 물었다.

겁쟁이 사자와 배고픈 호랑이는 그들을 위해 눈부시게 화려한 황금 마차를 끌고 왔다. 마차의 외관에는 번쩍번쩍 빛나는 에메랄드로 무늬가 새겨져 있었고, 마차 안에는 초록색과 황금색 줄무늬가 들어간 비단이 깔려 있었다. 좌석에 놓인 방석은 황금 실로 왕관 모양이 수놓아진 초록색의 융단이었다. 심지어 사자와 호랑이의 목에 매인 고삐조차도 황금 줄이었다.

"이런, 오즈마의 왕실 마차잖아!"

도로시가 탄성을 질렀다.

"그래, 오즈마 공주가 너를 마중 나가라고 우리를 보냈어. 오랫동안 걸어오느라고 무척 피곤할 거라며 걱정했거든. 그리고 네가 도시 안으로 들어올 때에는 너의 고귀한 신분에 걸맞는 모습으로 오기를 바랐어."

사자가 설명을 했다.

"뭐라고! 그렇다면 네가 귀족이란 말이니?"

폴리가 호기심 어린 눈초리로 도로시를 다시 보았다.

"오즈에서만 그럴 뿐이야. 오즈마 공주가 나에게 공주 칭호를 주었거든. 하지만 캔자스에서는 그저 평범한 시골 여자아이일 뿐이야. 엠 아주머니가 시키시면 언제든지 설거지와 빨래를 도와야 하는 그런 신세지. 폴리, 무지개 위에서도 설거지나 청소 같은 걸 하니?"

"아니."

폴리가 빙그레 웃었다.

"나도 오즈에서는 그런 일을 할 필요가 없어. 어쨌든 이따금씩 공주가 되어보는 것도 꽤 재미있단다. 그렇게 생각하지 않니?"

도로시가 말했다.

빛나는 단추는 호랑이와 사자가 모는 마차를 타게 되어 무척이나 기뻐했다. 그리고 귓속말로 도로시에게 마치 서커스단의 배우가 된 듯한 기분이라고 속삭였다. 마차가 에메랄드 시로 가까이 다가가자, 지나가던 모든 사람들이 도로시뿐만 아니라, 뒤에서 따라오고 있던 양철 나무꾼과 틱톡, 털북숭이 노인에게까지 공손하게 절을 했다.

노란 암탉은 마차 뒤에 앉아서 도로시에게 계속해서 자신의 놀라운 병아리들에 대해 쉬지 않고 떠들어댔다. 마침내

왕실 마차는 에메랄드 시를 둘러싸고 있는 높은 성벽에 도착했고 보석이 빽빽하게 박힌 커다란 성문 앞에 섰다.

잠시 후에 초록색 안경을 쓴 조그마한 남자가 성문을 열고 나왔다. 도로시는 친구들에게 성문지기를 소개했다. 성문지기의 목에는 황금 사슬이 둘러져 있었고 엄청나게 커다란 열쇠 꾸러미가 매달려 있었다. 왕실 마차는 성문을 지나 두꺼운 벽으로 지어진 둥근 지붕의 방을 통과했다. 그리고 마침내 에메랄드 시의 거리로 나갔다.

폴리크롬은 눈길이 닿는 곳마다 펼쳐지는 놀랍고 아름다운 광경에 경탄을 금치 못했다. 그들은 웅장하고 화려한 에메랄드 시를 천천히 지나갔다. 환상의 나라 안에서도 에메랄드 시에 견줄 만한 곳은 단 한 곳도 없었다. 빛나는 단추는 너무나도 놀라운 광경 앞에 그저 입만 딱 벌릴 뿐이었다. 그리고 단 한 가지라도 못보고 지나치는 일이 없도록 부지런히 머리를 사방으로 돌렸다.

길바닥은 유리처럼 반질반질하게 윤이 나는 대리석 판이었고, 넓은 대로와 보도를 분리해주는 가로대에는 작은 에메랄드들이 수도 없이 박혀 있었다. 거리에는 남자, 여자, 아이 할 것 없이 수많은 사람들이 지나가고 있었는데, 한결같이 아름다운 보석이 달려 있는 비단옷이나 벨벳 옷을 멋지게 차려입고 있었다. 하지만 옷보다 훨씬 더 보기 좋은 것은 사람들의 얼굴에 떠오른 행복하고 만족스러운 표정이었다. 그들은 아무런 근심 걱정도 없이 마냥 즐거워 보였고, 온 사방에서 흥겨운 음악 소리와 웃음 소리가 연신 들려왔다.

"이 사람들은 전혀 일을 하지 않소?"

털북숭이 노인이 물었다.

"물론 일을 하죠."

양철 나무꾼이 대답했다.

"사람들의 노력 없이 이렇게 아름다운 도시가 건설되고 유지될 수는 없는 일이죠. 그렇다면 이곳 사람들이 먹는 야채와 식량조차 공급할 수 없을 겁니다. 하지만 이곳에서는 누구나 하루 동안 반나절 정도밖에는 일을 하지 않아요. 그 대신 아주 열심히 일하지요. 오즈 사람들은 노는 것만큼이나 일하는 걸 좋아한답니다."

"참으로 훌륭하군요! 오즈마 공주님이 부디 나를 이곳에서 살 수 있도록 허락해주신다면 좋겠어요."

마차는 수많은 멋진 거리를 이리저리 돌아서 한 커다란 건물 앞에 멈추어 섰다. 그 건물이 어찌나 웅장하고 우아하고 아름답던지, 빛나는 단추조차 한눈에 이곳이 궁전이라는 사실을 알아차렸다. 궁전 밖에는 정원과 넓은 풀밭이 궁전 담을 둘러싸고 있었다. 하지만 도시를 둘러싸고 있는 성벽처럼 그렇게 높고 두꺼운 담이 아니라, 초록색 대리석으로 만들어진 조그맣고 예쁜 담이었다. 마차가 나타나자, 궁전 문이 활짝 열렸다. 겁쟁이 사자와 배고픈 호랑이는 보석이 깔린 길을 따라서 궁전 현관 앞까지 가서 멈추었다.

"드디어 왔구나!"

도로시가 즐겁게 소리를 쳤다. 그리고 빛나는 단추의 손을 붙잡고 마차에서 내렸다. 폴리크롬은 그 뒤를 쫓아 가볍게 뛰어내렸다. 화려한 옷을 입은 하인들이 줄을 서서 기다렸다가 그들을 맞았다. 그리고 그들이 대리석 계단 위에 올라서자, 일제히 허리를 숙였다. 계단 제일 꼭대기에는 밤색 머리카락과 밤색 눈을 지닌 예쁜 하녀 한 명이 서 있었다. 그녀는 온통 은실로 수가 놓여진 초록색 옷을 입고 있었다. 도로시는 몹시 반가운 얼굴로 그녀를 향해 뛰어갔다.

"오, 젤리아 잼! 다시 만나서 반가워! 오즈마 공주는 어디 있지?"

"방에 계십니다, 공주마마."

어린 하녀는 위엄 있게 말했다. 젤리아는 오즈마가 가장

좋아하는 시녀였다.

"여왕 폐하께서는 도로시 공주님께서 여장을 풀고 옷을 갈아입는 대로 곧 만나시길 원하십니다. 그리고 오늘 저녁에는 친구분들과 함께 저녁 식사를 하자고 하십니다."

"오즈마의 생일이 언제니, 젤리아 잼?"

도로시가 물었다.

"내일 모레입니다, 공주마마."

"그런데 허수아비는 어디 갔지?"

"그분은 속을 채울 신선한 짚을 구하기 위해 뭉크킨의 나라에 가셨습니다. 여왕님의 생일 연회 준비를 하시는 것입니다. 내일이면 에메랄드 시로 돌아오겠다고 말씀하셨습니다."

이때 뒤를 따라오던 틱톡과 양철 나무꾼 그리고 털북숭이 노인이 도착했다. 마차는 궁전 뒤뜰로 돌아가고, 빌리나는 사자와 호랑이와 함께 병아리들이 무사히 잘 있는지 보러 갔다. 토토는 도로시 옆에 꼭 붙어 있었다.

"자, 들어오시지요. 제가 여러분들이 사용하실 방을 안내하게 되어서 영광입니다."

뜻밖에도 털북숭이 노인은 망설이며 주저했다. 도로시는 지금까지 털북숭이 노인이 자신의 외모를 부끄러워하는 모습을 한번도 보지 못했다. 하지만 이제 너무나 훌륭하고 아름다운 환경에 둘러싸이게 되자, 서글프게도 소외감을 느끼는 것 같았다.

　도로시는 자신의 친구라면 누구나 오즈마의 궁전에 손님으로 환영받을 자격이 있다고 노인을 안심시켰다. 그러자 털북숭이 노인은 털 손수건을 꺼내 털 구두에 묻은 흙먼지를 닦은 후 조심스럽게 다른 사람들의 뒤를 따라갔다.

　틱톡은 이 왕궁에서 줄곧 살아왔고, 양철 나무꾼은 오즈마를 방문할 때마다 항상 똑같은 방에 묵곤 했다. 그러므로 두 사람은 즉시 몸단장을 하기 위해 자기 방으로 들어갔다. 도로시 또한 에메랄드 시에 올 때면 항상 머무는 방이 있었기 때문에 혼자서 찾아갈 수가 있었지만 몇몇 하인들이 공손한 태도로 앞서 걸으며 길을 안내해주었다.

　도로시는 빛나는 단추를 데리고 갔다. 이렇게 커다란 궁전 안에 혼자 두기에는 너무 어린 것처럼 생각되었던 것이다. 아름다운 무지개의 딸은 젤리아 잼이 직접 방으로 안내했다. 무지개의 딸은 누가 보아도 위엄 있는 궁전에 아주 익숙한 사람처럼 보였으므로 특별한 대접을 받았다.

19

행복한 털북숭이 노인

　털북숭이 노인은 커다란 홀 안에 우뚝 서서 모자를 만지작거리며 어쩔 줄 모르고 있었다. 이렇게 훌륭한 궁전에 손님으로 초대된 적이 한번도 없었던 것이다. 사실 그는 궁전이 아닌 그 어느 곳에도 초대라는 것을 받아본 적이 없었다.

　저 넓고 냉정한 바깥 세상 사람들은 털북숭이 노인을 초대하고 싶어하지 않았다. 그러므로 노인은 편안한 방보다는 헛간이나 짚더미에서 잠을 자곤 했던 것이다. 다른 사람들이 모두 홀 안을 떠난 후에도, 털북숭이 노인은 자신의 명령을 기다리는 듯이 서 있는 화려한 복장의 하인들을 힐끔힐끔 쳐다보았다. 그 중에 한 사람이 마치 왕자를 대하듯이 공손하게 절을 하면서 말했다.

　"부디 숙소로 안내해드리도록 허락해주십시오."

　털북숭이 노인은 긴 한숨을 내쉬면서 용기를 끌어 모았다.

"좋소. 어서 갑시다."

커다란 홀을 지나서 두꺼운 벨벳 양탄자가 깔린 넓은 계단을 올라간 그들은 다시 넓은 복도를 지나 조각이 새겨진 문 앞에 도착했다. 걸음을 멈춘 하인은 문을 열고 예의를 갖추어 말했다.

"부디 안으로 드셔서 편안히 묵으십시오. 오즈마 여왕님께서 손님을 위하여 준비하신 방입니다. 안에 있는 것은 무엇이든 원하시는 대로 사용하십시오. 여왕님께서는 7시에 저녁 식사를 하십니다. 그 시각이 되면 제가 이곳에 와서 식당으로 모시고 가겠습니다. 그곳에서 아름다운 오즈의 여왕님을 만나시게 될 것입니다. 혹시 다른 명령이 있으시면 부디 저에게 말씀해주십시오."

"없소. 고맙소."

털북숭이 노인은 이렇게 말하며 방안으로 들어가 재빨리 문을 닫았다. 그리고 한동안 멍하니 서서 호화로운 방안을 둘러보았다. 그의 숙소는 세상에서 가장 훌륭한 이 궁전 안에서도 가장 멋진 방들 중에 하나였다. 그러므로 털북숭이 노인이 갑자기 자신에게 닥쳐온 이 행운 때문에 얼마나 놀라고 어리둥절해 하는지 충분히 이해할 수 있을 것이다. 노인은 차츰 이 새로운 환경에 익숙해지기 시작했다.

가구들 위에는 붉은색 왕관이 수놓아진 황금색 덮개가 씌워져 있었다. 그리고 대리석 바닥에 깔린 깔개는 어찌나 두껍고 부드러운지 자신의 발자국 소리조차 들리지 않았다. 벽에는 오즈의 나라에 나오는 여러 가지 광경들이 짜여진 화려한 양탄자가 걸려 있었다. 그밖에도 온갖 책들과 장식품들이 사방에 놓여 있었기 때문에, 털북숭이 노인은 한 장소에 이렇게 수많은 예쁜 물건들이 모여 있는 것을 생전 처음 본다고 생각했다. 한쪽 구석에는 향기로운 물을 뿜어내는 작은 분수가 있었고, 또 다른 구석에는 조그마한 탁자가 있었는데 위에는 갓 따온 신선한 과일들을 담은 황금 쟁반이 놓여 있었다. 그 중에는 털북숭이 노인이 제일 좋아하는 붉은 사과도 있었다.

이 멋진 방의 제일 끝에는 다른 방으로 이어지는 문이 하나 있었다. 그 문을 열고 들어가자, 털북숭이 노인이 한번도 상상하지 못했던 온갖 안락한 가구들로 가득 차 있는 침실이 나왔다. 황금으로 만든 침대 머리에는 번쩍이는 다이

아몬드들이 가득 박혀 있었고, 침대 커튼에는 자그마한 진주와 루비가 달려 있었다. 침실 한쪽에는 아담한 옷방이 있었는데, 새로 만든 옷들이 가득 걸려 있는 옷장이 딸려 있었다.

침실을 지나자, 욕실이 나왔다. 그곳에는 수영을 해도 충분할 만큼 넓은 대리석 욕조와 욕조 안으로 들어가는 하얀 대리석 계단이 있었다. 욕조 주위에는 문손잡이만큼이나 커다란 에메랄드가 줄지어 박혀 있었고, 욕조에 담긴 물은 수정처럼 맑고 투명했다.

한동안 털북숭이 노인은 아무 말도 하지 못하고 이 호사스러운 욕조 안을 멍하니 바라보았다. 그리고 잠시 후에 현명하게도 이 놀라운 행운을 놓치지 않고 사용해보기로 결심했다. 털 구두와 털옷을 벗고 욕조 안으로 들어간 노인은 새로운 기쁨을 맛보았다. 부드러운 수건으로 몸을 닦은 그는 옷방으로 가서 서랍 안의 새옷을 꺼내 입었다. 옷은 맞춘 듯이 꼭 맞았다.

참으로 이상한 것은 옷장 안에 있는 옷들이 비록 아름다운 새옷이었지만, 모두 털옷이라는 사실이었다. 노인은 훌륭하게 잘 차려입고도 여전히 털북숭이 노인이라고 불릴 수 있다는 사실을 깨닫고 안도의 한숨을 쉬었다. 그의 외투는 장밋빛의 벨벳으로 만든 것으로 가장자리에는 털이 붙어 있었다. 그리고 피처럼 붉은 루비로 만든 단추에도 가장자리에는 황금색 털이 둘러져 있었다. 그가 입은 조끼는 연

한 크림색의 털 달린 비단이었으며, 무릎까지 오는 바지는
외투와 마찬가지로 털을 가장자리에 두른 장밋빛 벨벳이었
다.

털북숭이 노인은 크림색의 비단 스타킹을 신고 장밋빛 가
죽과 루비 단추가 달린 털 슬리퍼를 신었다. 완전히 옷을
갖추어 입고 나자, 털북숭이 노인은 자신의 모습을 길고 커
다란 거울에 비춰보고는 스스로 경탄을 금치 못했다. 그때
문득 탁자 위에서 진주조개 껍데기로 만든 상자를 발견했
다. 그 상자는 커다란 루비로 만든 꽃과 섬세하게 세공한
은넝쿨로 장식이 되어 있었다. 그리고 뚜껑에는 다음과 같
이 씌어진 원판이 붙어 있었다.

(털북숭이 노인 : 그의 장신구 상자)

상자가 잠겨져 있지 않았으므로 노인은 아무 생각 없이
한번 열어보았다가 뒤로 벌렁 자빠질 뻔했다. 눈부시게 화
려한 보석들이 가득 담겨져 있었던 것이다. 한동안 그 아름
다운 것들을 감탄하며 바라만 보고 있던 노인은 조심스럽
게 황금 줄이 달린 황금 시계와 멋진 반지 몇 개 그리고 털
셔츠에 꽂을 루비 장식을 하나 꺼냈다. 그리고 마지막으로
머리카락과 수염을 마구 이쪽 저쪽으로 빗어서 가능한 북
실북실하게 보이도록 만든 털북숭이 노인은 기쁨에 가득
찬 한숨을 내쉬었다. 이제 언제라도 여왕을 만날 준비를 갖

추었다고 생각한 것이다. 잠시 기다리는 동안 털북숭이 노인은 아름다운 거실로 돌아와서 붉은 사과를 몇 개 먹으며 시간을 보냈다.

한편 도로시는 은실로 수를 놓은 연한 회색의 예쁜 옷으로 갈아입고 빛나는 단추에게는 푸른색과 황금색의 비단 옷을 입혔다. 그러자 어린 소년은 아기 천사처럼 사랑스럽게 보였다. 빛나는 단추와 초록색 새 리본을 목에 두른 토토를 이끌고 도로시는 서둘러 넓은 궁전의 식당으로 내려갔다. 그곳에는 공작석을 섬세하게 깎아서 만든 훌륭한 옥좌가 있었다. 그리고 초록색 방석 위에 사랑스러운 오즈마 공주가 친구들을 기다리며 앉아 있었다.

20
오즈의 오즈마 공주

오즈의 왕실 역사 기록자들은 아주 뛰어난 문장가들이었으며 훌륭한 말들을 많이 알고 있었다. 하지만 오즈마의 뛰어난 아름다움에 대해 묘사하려고 노력할 때마다 번번이 실패하고 말았다. 왜냐하면 그 어떤 말로도 여왕의 아름다움을 다 설명할 수 없었기 때문이었다. 물론 나 또한 여러분들에게 이 어린 여왕의 아름다움에 대해서, 혹은 그녀의 사랑스러운 모습 때문에 번쩍거리는 보석들과 왕궁 안의 모든 화려한 장식들이 얼마나 빛을 잃고 마는지에 대해서 전부 설명해줄 수가 없다. 오즈마의 매혹적이고 눈부신 얼굴 앞에서는 아무리 화려하고 호화롭고 멋진 장식품도 한낱 시시한 물건으로 변해버리는 것이다.

오즈마의 모든 것이 사람의 마음을 잡아끄는 매력이 있었다. 그녀를 보면 흔히 느끼는 감탄이나 경외감보다는 사랑과 부드러운 애정이 느껴졌다. 도로시는 친구의 목을 두 팔로 끌어안고 입맞춤을 했다. 토토는 신이 나서 짖어댔고, 빛나는 단추조차 행복한 미소를 지으며 여왕 가까운 곳에 조용히 앉아 있었다.

"왜 생일 연회를 베푼다고 나에게 소식을 보내지 않았니?"

반가운 인사가 끝나자마자, 도로시가 물었다.

"소식을 보내지 않았다고?"

오즈마의 예쁜 두 눈이 생글생글 미소를 지었다.

"그럼 보냈단 말이야?"

도로시는 이해할 수 없다는 듯이 고개를 갸우뚱했다.

"그렇다면 길을 엉망으로 뒤섞어 놓아서 네가 어쩔 수 없이 오즈를 찾아오게 만든 사람이 누구라고 생각하니?"

오즈마가 물었다.

"이런! 네가 그랬으리라고는 짐작도 못했어."

"네가 여기까지 오는 동안 줄곧 마법의 그림으로 네 모습을 시켜보았단다. 요술 허리띠를 사용해서 너를 당장 에메랄드 시로 불러 와야겠다고 생각한 적도 있었어. 스쿠들러들이 너를 붙잡았을 때도 그랬고, 죽음의 사막에 도착했을 때도 그랬지. 하지만 털북숭이 노인이 그때마다 너를 구해 주었기 때문에 내가 굳이 끼여들 필요가 없었어."

"그럼 너는 빛나는 단추가 누군지 아니?"

도로시가 물었다.

"아니. 네가 길가에서 그 아이를 만나기 전까지 나도 그

아이를 본 적이 없어. 그때 처음으로 내 마법의 그림 속에
등장했거든."

"그럼 폴리를 보낸 것도 너니?"

"아니야. 아버지의 무지개를 타고서 내려온 무지개의 딸
은 우연히 너와 만난 거야."

"그런데 나는 폭스빌의 독스 왕과 던키톤의 킥커브레이
왕에게 약속을 했어. 너의 생일 연회에 초대를 해주겠다고
말이야."

"그건 내가 벌써 했단다. 그들에게 호의를 베풀면 네가
좋아할 것 같아서 말이야."

"그럼 음악가도 초대했나요?"

빛나는 단추가 물었다.

"아니. 그 사람은 너무 시끄러워서 다른 사람들을 방해할

것 같아서 초대하지 않았단다. 하루종일 그 음악에 파묻혀 살아야 한다면, 그 사람은 차라리 혼자 있는 편이 더 나을 거야."

오즈마 공주가 대답했다.

"난 음악가의 음악이 좋았는데."

빛나는 단추가 시무룩하게 말했다.

"어쨌든 내 연회에서는 아름다운 음악을 실컷 들을 수 있을 거야. 그러니까 빛나는 단추도 더 이상 그 음악가를 그리워하지 않을 거라고 생각해."

오즈마가 약속했다. 바로 그때 폴리크롬이 춤을 추며 안으로 들어왔다. 자리에서 일어난 오즈마 공주는 다정하고 진심 어린 태도로 무지개의 딸을 맞아들였다.

도로시는 이보다 더 아름다운 한 쌍의 소녀들은 한번도

본 적이 없다고 생각했다. 폴리는 즉시 자신의 예쁘장한 외모도 오즈마의 눈부신 아름다움과는 견줄 만한 것이 못 된다는 사실을 깨달았다. 그렇다고 해도 전혀 질투심 같은 것은 솟아나지 않았다.

이때 마법사 오즈가 식당 안으로 들어왔다. 키가 작고 쪼글쪼글한 노인은 온통 검은 옷을 입고 있었다. 하지만 그의 두 뺨은 붉었고 두 눈에는 장난스러운 빛이 가득했다. 폴리와 빛나는 단추는 전세계에 위대한 마법사로 명성을 날린 이 유명한 남자가 두렵거나 낯설지 않았다. 도로시와 반갑게 인사를 나눈 마법사는 오즈마의 왕좌 앞에 조용히 서서 두 소녀가 즐겁게 재잘거리는 소리를 듣고 있었다.

이제 마침내 털북숭이 노인이 등장했다. 멋진 새옷으로 갈아입은 노인의 모습을 보고 깜짝 놀란 도로시는 감탄사를 연발했다. 그리고 두 손을 꼭 잡고 기쁨에 가득 찬 눈으로 친구들에게 그 이유를 설명해주었다.

"그래도 여전히 털북숭이네. 다행이야."

빛나는 단추가 중얼거렸다. 이 말을 들은 오즈마는 환한 얼굴로 고개를 끄덕였다. 털북숭이 노인을 위해 새옷을 준비하면서 노인이 여전히 털북숭이가 될 수 있도록 배려한 사람이 바로 오즈마였기 때문이었다.

도로시는 털북숭이 노인을 왕좌 가까이 데리고 왔다. 이런 훌륭한 자리에 나오자, 노인이 무척 부끄러워했던 것이다. 도로시는 오즈마에게 친구를 소개했다.

“폐하, 이쪽은 나의 친구인 털북숭이 할아버지입니다. 사
랑의 자석을 가지고 있죠.”

“오즈에 온 것을 환영합니다.”

오즈를 다스리는 소녀는 우아한 태도로 인사를 건넸다.

“그런데 혹시 말씀해주실 수 있겠습니까? 당신이 지니고
있는 그 사랑의 자석은 어디서 얻은 것입니까?”

그러자 털북숭이 노인은 갑자기 얼굴을 붉히면서 시선을
아래로 떨구었다. 그리고 조그만 목소리로 대답했다.

“훔쳤습니다, 여왕 폐하.”

“오, 할아버지! 어떻게 그런 일이! 에스키모가 당신에게
사랑의 자석을 주었다고 말했잖아요!”

도로시가 큰소리로 외쳤다. 털북숭이 노인은 어쩔 줄 모
르고 한쪽 무릎을 꿇더니 바닥에 털썩 주저앉았다.

“거짓말을 했단다, 도로시. 하지만 진실의 연못에서 목욕
을 한 다음부터는 진실 이외에 다른 어떤 말도 할 수 없게
되었구나.”

“왜 그걸 훔친 거죠?”

오즈마 공주가 상냥한 목소리로 물었다.

“왜냐하면 아무도 저를 사랑하거나 좋아하는 사람이 없었
기 때문입니다. 저는 무척이나 사랑을 받고 싶었답니다. 이
자석은 원래 버터필드에 사는 한 소녀의 것이었습니다. 그
녀는 무척 사랑을 받았죠. 하지만 젊은 남자들이 그녀를 차
지하려고 매일같이 싸움박질을 하는 통에 조금도 행복하질

않았답니다. 제가 그 소녀로부터 자석을 훔친 이후부터는 오직 한 젊은이만이 변함없이 그 소녀를 사랑했습니다. 그래서 소녀는 그와 결혼을 했고 행복하게 살게 되었답니다.”

“그걸 훔친 것을 후회하고 있나요?”

오즈마가 물었다.

“아닙니다, 폐하. 사실 저는 기쁩니다. 이 자석 덕분에 저는 다른 사람들의 사랑을 받게 되었습니다. 만약 도로시가 저를 좋아하지 않았다면, 저는 도로시와 함께 이 아름다운 오즈의 나라로 와서 친절한 마음씨를 가진 여왕님을 만나지도 못했을 것입니다. 이제 이곳에 왔으니 저는 이곳에 남고 싶습니다. 그리고 폐하의 가장 충성스러운 신하가 되겠습니다.”

“하지만 오즈에서는 오직 진정한 모습 때문에 사랑을 받습니다. 다른 사람에 대한 친절한 마음씨와 선한 행동 때문에 사랑을 받는 것이죠.”

오즈마가 말했다.

“저는 기꺼이 사랑의 자석을 포기할 것입니다. 도로시에게 이것을 주겠습니다.”

털북숭이 노인이 진심 어린 목소리로 말했다.

“하지만 도로시는 이미 모든 사람들의 사랑을 받고 있소.”

마법사가 말했다.

“그럼 빛나는 단추에게 주겠습니다.”

“난 싫어요.”

소년이 퉁명스럽게 거절했다.

“그럼 마법사에게 주겠습니다. 사랑스러운 오즈마 공주님은 이런 것이 필요 없으실 테니까요.”

“나의 백성들은 모두 마법사를 좋아합니다.”

오즈마 공주가 명랑하게 웃으며 말했다.

“그렇다면 사랑의 자석을 에메랄드 시의 성문 앞에 걸도록 합시다. 이 성문으로 들어오는 사람이나 나가는 사람 모두 누구나 사랑받고 사랑할 수 있도록 말입니다.”

“그거 참 좋은 생각이군요. 기꺼이 여왕님의 뜻에 따르겠습니다.”

그곳에 모인 사람들은 식사를 하기 위해 자리를 옮겼다. 그것은 참으로 성대한 만찬이었다. 식사가 끝나자, 오즈마는 마법사에게 마술을 보여달라고 부탁했다.

마법사는 안주머니에서 여덟 마리의 작고 하얀 새끼 돼지를 꺼내어 식탁 위에 올려놓았다. 그 중에 한 마리는 광대처럼 옷을 입고 우스꽝스러운 공연을 했다. 그리고 다른 돼지들은 경주마처럼 식탁 위를 빠르게 달리면서 접시와 수저 위를 뛰어다녔다. 그 몸놀림이 어찌나 날쌔고 가볍던지 사람들은 계속해서 유쾌한 웃음을 터뜨렸다.

마법사는 이 돼지들을 훈련시켜 온갖 신기한 재주를 부리도록 했다. 돼지들이 너무나 귀엽고 똑똑하고 예뻤기 때문에, 폴리크롬은 자기 앞을 달려가는 새끼 돼지 한 마리를 집어들어서 마치 새끼 고양이처럼 등을 쓰다듬어 주었다.

이윽고 여흥이 끝났을 때에는 밤 늦은 시간이었다. 모두들 각자의 방으로 돌아갔다.

"내일은 내가 초대했던 손님들이 모두 도착할 것입니다. 여러분들은 분명히 아주 흥미롭고 재미있는 손님들을 많이 만나게 될 겁니다. 그 다음날에는 내 생일을 기념하여 도시 성문 밖의 넓은 들판 위에서 축제가 벌어질 것입니다. 그곳은 우리 백성들이 모두 다 모여도 비좁지 않을 만큼 아주 넓은 곳이죠."

"허수아비가 늦지 말았으면 좋겠는데."

도로시가 걱정스러워했다.

"허수아비는 내일 꼭 돌아올 거야. 새 짚으로 몸 속을 채우려고 뭉크킨의 나라에 갔거든. 그곳에는 좋은 짚이 아주 많단다."

오즈마 공주는 손님들에게 인사를 하고 자신의 방으로 돌아갔다.

21

손님을 맞이하는 도로시

　다음날 아침이 되자, 아침 식사가 도로시가 묵고 있는 화려한 방까지 운반되어 왔다. 도로시는 아침 식사를 함께 하자고 폴리와 털북숭이 노인을 초대했다. 두 사람은 기꺼이 도로시의 방을 찾아왔다.

　식사를 끝내자마자, 멀리서 수많은 트럼펫이 울리는 소리가 들려왔다. 그리고 브라스 악단이 신나는 음악을 연주하는 소리도 들려왔다. 그들은 일제히 발코니로 나갔다. 발코니는 궁전을 둘러싸고 있는 담보다도 더 높이 있었기 때문에 나무들 너머로 궁전 정문 앞이 한눈에 내려다보였다.

　악단이 큰소리로 음악을 연주하며 거리를 내려오고 있었고, 에메랄드 시의 주민들은 길가에 모여들어 열렬히 환호성을 지르고 있었다. 그 소리가 어찌나 요란했던지 드럼과 나팔 소리조차 파묻힐 정도였다.

　길 위를 내려다본 도로시는 사람들이 왜 그렇게 환호성을 지르는지 곧 알아차렸다. 악단 뒤에 그 유명한 허수아비가 목마를 타고 자랑스럽게 행진하고 있었던 것이다. 목마는 마치 진짜 살아 있는 말처럼 우아한 걸음으로 뚜벅뚜벅 걸어왔다. 목마의 발굽 그러니까 나무다리의 끝에는 단단한 금으로 만든 편자가 박혀 있었고, 나무등 위에 얹은 안장은 온갖 보석으로 화려하게 장식이 되어 있었다.

궁전 가까이 다가온 허수아비는 고개를 들어 도로시를 보고 뾰족한 모자를 벗어들어 도로시에게 인사를 했다. 말을 타고 정문 안으로 들어온 허수아비는 위엄 있게 말에서 내렸다. 그러자 악단들은 당장 음악을 멈추고 환호성을 지르던 사람들도 제각기 집으로 돌아갔다.

잠시 후에 방안으로 들어온 도로시와 친구들은 급하게 달려온 허수아비를 발견했다. 도로시를 반갑게 포옹한 허수아비는 폭신한 손으로 다른 친구들과 일일이 악수를 나누었다. 그의 손은 지푸라기를 채워 넣은 하얀 장갑이었다.

털북숭이 노인과 빛나는 단추, 폴리크롬은 이 유명한 인물을 유심히 바라보았다.

"이런, 얼굴을 새로 칠했구나!"

인사가 끝나자, 도로시가 소리쳤다.

"나를 제일 처음 만들었던 뭉크킨 농부를 찾아가서 조금 손질을 했어."

허수아비는 즐거운 목소리로 말했다.

"내 얼굴이 조금 낡고 희미해져서 말이야. 게다가 내 입

한쪽이 조금 벗겨졌거든. 그래서 똑바로 말하기가 힘들었어. 이제 나는 다시 옛날 모습을 찾은 기분이야. 그리고 내 몸은 오즈 안에서도 가장 좋은 귀리 짚으로 채워졌다고 자랑하지 않을 수 없구나."

그는 자랑스럽게 가슴을 불쑥 내밀었다.

"바삭거리는 소리가 들리지?"

"그래. 정말 멋진 소리구나."

도로시가 말했다. 빛나는 단추와 폴리는 이 지푸라기 사람에게 완전히 매혹되고 말았다. 털북숭이 노인은 커다란 존경심을 가지고 허수아비를 대했다.

그때 젤리아 잼이 방안으로 들어오더니 도로시 공주가 접견실에서 초대된 손님들을 맞아주었으면 좋겠다는 오즈마의 뜻을 전했다. 여왕은 내일 있을 축제를 준비하느라 무척 바빴던 것이다. 그러므로 가장 가까운 친구가 자기 자리를 대신해주기를 원했다.

오즈마 이외에 에메랄드 도시의 공주라고는 도로시뿐이었다. 그러므로 도로시는 기꺼이 그 뜻을 따라 커다란 접견실로 가서 오즈마의 자리에 앉았다. 한쪽 옆에는 폴리가 앉고 다른 한쪽에는 빛나는 단추가 앉았다. 허수아비는 그 왼쪽에 서고 양철 나무꾼은 그 오른쪽에 섰다. 한편 위대한 마법사 오즈와 털북숭이 노인은 뒤에 섰다.

겁쟁이 사자와 배고픈 호랑이도 꼬리와 목에 새 리본을 매고 나타났다. 다정하게 도로시와 인사를 나눈 이 커다란 동물들은 왕좌의 발치에 엎드렸다.

손님을 기다리는 동안, 빛나는 단추 옆에 서 있던 허수아비가 말을 걸었다.

"너는 왜 빛나는 단추라고 불리는 거니?"

"몰라."

소년이 대답했다.

"아니야, 그 이유를 알고 있잖니. 어서 허수아비에게 어쩌다 그 이름을 얻게 되었는지 말해주렴."

도로시가 끼여들었다.

"아빠는 내가 항상 단추처럼 빛난다고 했어. 그래서 엄마는 항상 나를 빛나는 단추라고 불렀어."

소년이 설명했다.

"엄마는 어디 계신데?"

"몰라."

"네 집은 어디니?"

"몰라."

"엄마를 다시 만나고 싶지 않니?"

"몰라."

빛나는 단추는 조용히 대답했다. 허수아비는 뭔가 생각에 잠긴 눈빛으로 그를 바라보았다.

"네 아빠 말이 맞을 거야. 하지만 너도 알다시피 단추에도 여러 종류가 있잖니. 예를 들면 가장 밝게 빛나고 반짝거리는 은단추나 금단추가 있지. 혹은 조금 빛이 덜한 진주

단추나 고무 단추가 있어. 그밖에도 평범한 옷에 달린 단추
도 있고. 네 아버지가 너를 단추처럼 빛난다고 말했을 때,
그것은 아마 그 중에 어떤 종류의 단추를 의미했을 거야.
너는 그렇게 생각하지 않니?"

"몰라."

이때 싱싱한 얼굴을 한 호박머리 잭이 도착했다. 그는 오
즈마의 생일 선물로 호박씨로 만든 목걸이를 가지고 왔다.
씨앗 하나하나에는 반짝거리는 캐로릴트가 달려 있었는데,
그것은 이 세상에서 가장 희귀하고 가장 아름다운 보석이
었다. 젤리아 잼은 벨벳 상자에 들어 있는 이 목걸이를 오
즈마 공주에게 바쳐진 다른 선물과 함께 탁자 위에 올려놓
았다.

다음으로 길게 끌리는 화려한 옷을 입은 아름답고 키가

큰 여자가 들어왔다. 그녀의 옷소매에는 거미줄처럼 섬세하고 정교한 레이스가 달려 있었다. 바로 착한 마녀 글린다라고 알려진 유명한 마녀였다. 그녀는 도로시와 오즈마에게 커다란 도움을 베푼 적이 있었다. 글린다의 마법은 결코 속임수가 아니었으며, 그녀는 그 강력한 힘만큼이나 친절하고 착한 마음씨를 지닌 마녀였다.

글린다는 도로시를 진심으로 반갑게 환영했다. 그리고 빛나는 단추와 폴리에게 입맞춤을 하고 털북숭이 노인에게는 다정한 미소를 지어 보였다. 인사가 끝나자 젤리아 잼은 글린다를 왕궁에서도 가장 크고 화려한 방으로 인도했다. 그리고 50명의 하인들에게 시중을 들도록 했다.

다음으로 도착한 손님은 H. M. 워글벌레 T. E씨였다. H. M. 이란 대단히 위대하다는 뜻이고 T. E. 란 완전한 교육을 받았다는 뜻이었다. 워글벌레는 오즈의 왕실 대학 학장이었으며, 오즈마의 생일을 기념하여 멋진 찬가를 지었다. 워글벌레는 이 시를 모두에게 들려주고 싶어했지만, 허수아비가 다음에 듣고 싶다며 정중하게 거절했다.

그때 여러 마리가 입을 모아 삐약거리는 소리가 들려왔다. 하인들이 문을 열자, 빌리나와 열 마리의 새끼 병아리들이 접견실로 들어왔다. 노란 암탉은 잔뜩 으스대면서 가족들을 이끌고 앞장서서 걸어왔다. 도로시는 탄성을 질렀다.

"어머나! 너무나 예쁘구나!"

도로시는 한걸음에 왕좌에서 달려 내려와 노랗고 솜털이 보송보송한 병아리를 어루만졌다. 빌리나는 목에 진주 목걸이를 두르고 있었으며, 병아리들은 모두 'D' 자가 새겨진 작은 금합이 매달린 금목걸이를 하고 있었다.

"금합을 열어봐, 도로시."

빌리나가 말했다. 도로시가 그 말을 따라서 금합을 열자, 안에는 도로시의 사진이 들어 있었다.

"저 병아리들은 모두 네 이름을 땄단다. 그래서 내 새끼들이 항상 네 사진을 갖고 다니기를 바랐어. 꼬꼬댁! 꼬꼬댁! 이리 와라, 도로시. 당장!"

빌리나가 소리쳤다. 병아리들이 커다란 접견실 안에 흩어져서 온 사방을 헤매고 돌아다녔기 때문이었다. 이 소리를 들은 병아리들은 당장 그 말에 복종하여 가능한 빨리 달려왔다. 솜털이 난 날개를 버둥거리며 종종걸음을 치는 그 모습은 사람들의 웃음을 자아냈다.

바로 그때 빌리나가 새끼들을 모아서 부드러운 가슴 밑에 품은 것은 아주 잘한 일이었다. 왜냐하면 틱톡이 육중한 발을 쿵쿵거리며 걸어 들어왔기 때문이다.

"나는 태엽-을 모두 감았-습니다. 잘 작동-되고 있습-니다."

기계 인간이 도로시에게 말했다.

"똑딱거리는 소리가 들려."

빛나는 단추가 말했다.

"아주 반짝반짝하게 윤을 낸 신사가 되셨군요. 여기 털북
숭이 노인 옆에 서요, 틱톡. 그리고 손님들 맞이하는 것을
도와줘요."

양철 나무꾼이 말했다.

도로시는 빌리나와 병아리들을 위해 한쪽 구석에 폭신한
방석을 깔아주었다. 그리고 다시 왕좌에 돌아와 앉자마자,
궁전 밖에서 왕실 악단이 음악을 연주하며 중요한 손님이
도착했음을 알렸다.

왕실 집사가 접견실의 문을 활짝 열었을 때, 도로시와 친
구들은 얼마나 놀라고 호기심 어린 눈으로 들어오는 손님
을 바라보았는지!

제일 처음 걸어 들어온 손님은 바로 흠잡을 데 없이 예쁘
게 빚어지고 먹음직스러운 갈색 빛이 나도록 잘 구워진 생
강빵맨이었다. 그는 비단 모자를 쓰고 노란색과 빨간색의
줄무늬가 들어간 막대 사탕을 손에 들고 있었다. 그의 셔츠
앞쪽과 소매 끝에는 하얀 사탕가루가 입혀져 있었고, 외투
의 단추는 감초를 넣은 사탕 과자였다.

생강빵맨 뒤에는 갈색 머리카락과 명랑한 푸른 눈동자를
지닌 어린아이가 따라오고 있었다. 하얀 잠옷을 입고 발뒤
꿈치가 보이는 샌들을 신은 아이는 잠옷 주머니에 손을 찔
러 넣은 채, 씽긋씽긋 웃으며 방안을 둘러보았다. 바로 그
뒤에는 커다란 고무곰이 똑바로 몸을 일으켜 세운 채, 뒷발
로 걸어 들어왔다. 곰의 검은 눈은 반짝반짝 빛났고, 곰의

커다란 몸뚱이는 공기를 채워넣어 부풀린 것 같았다.

이렇게 신기한 손님들의 뒤를 이어서 키가 크고 마른 두 사람과 키가 작고 뚱뚱한 두 사람이 들어왔다. 그들 네 사람은 모두 화려한 제복을 입고 있었다. 오즈마의 왕실 집사는 서둘러 앞으로 달려나와 새로 도착한 손님들의 이름을 큰소리로 불러주었다.

"하이랜드와 로랜드의 지배자시며 우아하시고 가장 먹음직스러운 도넛 1세 대왕 폐하이십니다. 그리고 병아리 아이라고 알려진 폐하의 헤드 불레이웨그와 그의 진실한 친구, 고무곰 파라 브루인입니다."

이 위대한 인물들은 자신의 이름이 불릴 때마다 정중하게 허리를 굽혔다. 도로시도 서둘러 함께 자리한 친구들을 소개했다. 그들은 제일 처음 도착한 외국 손님들이었으므로,

오즈마 공주의 친구들은 최대한 예의 바른 태도를 보이며 손님들을 기꺼이 환영한다는 뜻을 전하려고 애를 썼다.

병아리 아이는 빌리나를 포함하여 모든 사람들과 악수를 나누었다. 쾌활하고 솔직하며 활기에 넘치는 태도 때문에 존 도넛의 헤드 불레이웨그는 곧 커다란 인기를 끌었다.

"그런데 저 아이는 남자니 여자니?"

도로시가 나지막이 속삭였다.

"몰라."

빛나는 단추가 대답했다.

"오, 이런 세상에! 정말 이상한 사람들이 많이 모였군요!"

고무곰이 그 자리에 모인 사람들을 보고 깜짝 놀라 소리쳤다.

"너도 그런걸. 그런데 도넛 왕이 정말 맛있니?"

빛나는 단추가 물었다.

"그냥 먹어버리기에는 아까울 정도야."

병아리 아이가 유쾌하게 웃으며 대답했다.

"부디 여러분들 중에 생강빵을 좋아하는 분이 안 계시기를 바랍니다."

도넛 왕이 불안한 듯이 주위를 힐끔거렸다.

"설사 생강빵을 좋아한다고 해도 우리의 손님을 먹는 일은 절대 있을 수 없습니다. 그러니 부디 걱정하지 마십시오. 오즈에 머무시는 동안은 완벽하게 안전할 테니까요."

허수아비가 말했다.

"그런데 너는 왜 병아리 아이라고 불리는 거니?"

노란 암탉이 아이를 보고 물었다.

"왜냐하면 나는 부화기에서 태어났거든. 그래서 부모가 없어."

헤드 불레이웨그가 대답했다.

"우리 병아리들은 부모가 있어. 바로 나란다."

빌리나가 자랑스럽게 말했다.

"그것 참 다행이구나. 네 병아리들은 부모를 걱정시키는 재미를 맛볼 수 있을 테니까 말이야. 너도 알겠지만 부화기는 절대로 걱정 따위는 하지 않아."

존 도넛 왕은 오즈마의 생일 선물로 멋진 생강빵 왕관을 가지고 왔다. 그 왕관에는 작은 진주가 빙 둘러 박혀 있었고, 다섯 개의 뾰족한 끝에는 커다란 진주가 하나씩 달려 있었다. 도로시는 예의바른 감사 인사와 함께 선물을 받아서 틱자 위에 올려놓았다. 하이랜드와 로랜드에서 온 손님들은 왕실 집사의 안내를 받으며 각자의 방으로 돌아갔다.

그들이 떠나자마자, 궁전 앞의 밴드가 또다시 손님의 도착을 알리는 음악을 연주했다. 왕실 집사는 정중하게 손님을 맞이하기 위해 황급히 접견실로 돌아왔다.

22
중요한 손님들의 도착

제일 첫번째로 들어온 손님들은 행복한 계곡에서 온 릴즈 악단이었다. 그들은 요정 난쟁이들답게 명랑하고 생기발랄했다. 열두 명의 허리가 굽은 크눅스들도 버지 숲에서부터 따라왔다. 그들은 긴 턱수염이 났으며 뾰족한 모자를 쓰고 발톱이 휘어졌다. 하지만 키는 겨우 빛나는 단추의 어깨 정도밖에 되지 않았다. 이들을 이끌고 찾아온 사람은 전세계에서 가장 널리 사랑을 받고 가장 중요한 인물이기 때문에 모두들 즉시 알아보았다. 다들 벌떡 자리에서 일어나 머리를 숙여 존경심을 표시했다. 심지어 왕실 집사는 무릎을 꿇고 앉아서 그의 이름을 알려주었다.

"세상에서 가장 전능하시며 아이들의 진실한 친구이시고 존귀하신 산타 클로스이십니다!"

집사의 목소리가 경외감으로 떨렸다.

"자, 자, 자! 모두들 만나서 반가워요. 모두들!"

산타 클로스는 걸걸한 목소리로 인사를 하며 방안으로 뚜벅뚜벅 걸어 들어왔다.

그는 마치 사과처럼 몸이 둥글었으며, 두 뺨은 장미처럼 붉고 두 눈에는 웃음이 가득했다. 그리고 덥수룩한 수염은 눈처럼 희었다. 어깨에는 흰 모피를 가장자리에 두른 붉은 망토를 두르고, 등에는 오즈마 공주를 위한 예쁜 선물이 가득 들어 있는 꾸러미를 짊어지고 있었다.

"안녕, 도로시! 아직도 모험을 하고 있는 중이니?"

산타 클로스는 도로시의 손을 잡으며 명랑하게 물었다.

"제 이름을 아세요, 산타?"

도로시는 그 어느 때보다도 수줍은 태도를 보였다.

"이런, 매년 크리스마스 전날이 되면 잠든 너를 내가 찾아가지 않았었니?"

산타 클로스는 도로시의 통통한 뺨을 살짝 꼬집었다.

"이런, 여기 빛나는 단추도 있구나!"

산타 클로스는 그의 뺨에 입을 맞추는 소년을 꼭 끌어안았다.

"집에서 이렇게 멀리 떨어진 곳까지 오다니! 불쌍한 것!"

"빛나는 단추를 알고 계세요?"

도로시가 열심히 물었다.

"그럼 알고말고. 크리스마스 전날 그의 집에 늘 가는걸."

"그럼 빛나는 단추의 아버지도 알고 계시겠군요?"

"물론이지. 그럼, 이 아이에게 크리스마스 넥타이와 스타

킹을 가져다 준 사람이 누구라고 생각하니?"

산타 클로스는 마법사를 향해 눈을 찡끗했다.

"그럼 이 아이의 집이 어딘가요? 정말 궁금해서 미치겠어요. 빛나는 단추는 길을 잃어버렸거든요."

도로시가 말했다. 산타는 껄껄 웃으며 뭐라고 대답할지 궁리하는 듯이 코 위에 손가락을 올려놓았다. 그리고 허리를 숙이더니 마법사의 귀에 몇 마디 속삭였다. 이 말을 들은 마법사는 빙그레 미소를 지으며 고개를 끄덕였다.

이제 산타 클로스는 폴리크롬을 보더니 즐겁게 외쳤다.

"내가 보기엔 너희들 중에 무지개의 딸이 제일 먼 곳에서부터 온 것 같구나! 너희 아버지에게 네가 어디 있는지 알려줘야겠다."

"제발 부탁이에요, 산타 클로스!"

어린 소녀는 애타게 간청했다.

"하지만 지금은 오즈마의 생일 연회에 참석해서 우리 모두 즐겁게 지내야지. 너희들도 알겠지만 나는 좀처럼 내 성을 떠날 시간이 없단다. 그러나 오즈마가 특별히 초대했기 때문에 이 행복한 연회에 참석하지 않을 수 없었지."

"와주셔서 저는 너무 기뻐요!"

도로시가 큰소리로 말했다.

"얘들이 나의 릴즈들이란다."

산타 클로스는 그의 주위를 맴돌고 있는 어린 정령들을 가리켰다.

"이들이 하는 일은 봉오리를 맺게 하고 피어나는 꽃들에게 색깔을 입혀주는 것이지. 나는 이 유쾌한 친구들에게 오즈를 보여주기 위해서 데리고 왔단다. 물감통도 내버리고 말이야. 그리고 나는 이 허리 굽은 크눅스들도 데리고 왔어. 내가 무척 사랑하는 친구들이지. 이들이 맡은 임무는 숲 속의 어린 나무에게 물을 주고 돌보아주는 일이야. 아주 열심히 성실하게 일을 잘 한단다. 무척 힘든 일인데도 말이야. 그 일을 하느라고 크눅스들은 허리가 휘고 손에 굵은 마디가 생겼지. 마치 나무껍질처럼 말이야. 그들의 마음은 아주 넓고 따뜻하단다. 이 아름다운 세상에서 착한 일을 하는 사람들의 마음이 다 그렇듯이 말이다."

"릴즈와 크눅스에 대해서 읽은 적이 있어요."

도로시는 이들을 흥미로운 눈으로 바라보았다.

산타 클로스는 몸을 돌려 허수아비와 양철 나무꾼과 이야기를 나누었다. 그리고 털북숭이 노인과도 다정하게 인사를 주고받았다. 그런 다음에는 목마를 타고 에메랄드 시를 한바퀴 돌아보기 위해 밖으로 나갔다.

"여기에 머무르는 동안 멋진 구경을 놓치지 말아야지. 오즈마는 나에게 목마를 태워주겠다고 약속을 했단다. 내가 점점 더 뚱뚱해져서 조금만 움직여도 숨이 차거든."

"썰매를 끄는 사슴들은 어디 있죠?"

폴리크롬이 물었다.

"고향에 두고 왔단다. 이렇게 햇볕이 쨍쨍 내리쪼이는 나

라는 그들에게 너무 덥거든."

순식간에 산타 클로스는 밖으로 사라졌다. 릴즈와 크눅스
도 그 뒤를 따라갔다.

잠시 후에 또다시 악단이 음악을 연주했다. 그리고 왕실
집사가 큰소리로 알렸다.

"우아하신 메리랜드의 여왕 폐하이십니다!"

도로시와 친구들은 이번에는 또 어떤 여왕일까 길게 목을
빼고 바라보았다. 방안으로 걸어 들어온 것은 정교하게 만
든 밀랍 인형이었는데, 우아한 솜털과 주름 장식이 달리고
번쩍번쩍 빛나는 드레스를 입고 있었다. 인형은 거의 빛나
는 단추만큼이나 키가 작았는데, 그의 뺨과 입과 눈썹은 예
쁜 색깔로 섬세하게 칠해져 있었다. 여왕의 푸른 눈동자는
유리로 만들어졌으며, 여왕의 얼굴은 대단히 유쾌하고 매

력적으로 보였다.

메리랜드의 여왕은 네 명의 나무 병사를 데리고 왔는데, 왕실 호위병답게 두 명은 위엄 있는 태도로 여왕의 앞에 서서 걸어왔으며 다른 두 명은 뒤를 따라왔다. 이 병사들은 밝고 고운 색깔로 칠해져 있었으며 어깨에는 나무 총을 매고 있었다.

그들의 뒤에는 키가 작고 뚱뚱한 남자가 따라왔는데, 한순간 모든 사람들의 시선이 그에게 집중되었다. 왜냐하면 사탕으로 만들어진 사람이었기 때문이었다. 그는 설탕 가루가 가득 들은 양철 설탕통을 손에 들고서 이따금씩 온몸에 뿌려주었다. 자신의 몸이 주위 물건에 들러붙지 않도록 하기 위해서였다.

왕실 집사는 그를 "메리랜드의 캔디맨"이라고 소개했다. 도로시는 캔디맨의 엄지손가락을 보면서 사탕을 너무나 좋아하는 누군가가 유혹을 참지 못하고 깨물어 먹은 것 같다고 생각했다.

밀랍 인형 여왕은 예쁜 목소리로 도로시와 친구들에게 인사를 했다. 그리고 오즈마에게 안부를 전한 후에 준비된 방으로 물러갔다. 여왕이 가져온 생일 선물은 엷은 종이에 싸여 있었는데, 분홍색과 푸른색 리본이 묶여져 있었다. 나무 병사 중에 한 명이 다른 선물들이 놓여 있는 탁자 위에 그것을 내려놓았다.

하지만 캔디맨은 자기 숙소로 가지 않았다. 허수아비와

틱톡, 마법사 그리고 양철 나무꾼과 함께 있으면서 이야기를 나누고 싶어했기 때문이었다. 특히 빛나는 단추와 토토는 캔디맨이 접견실에 남게 된 것을 무척 기뻐했다. 그의 몸에서 달콤한 상록수 시럽과 단풍나무 설탕 냄새가 풍겼던 것이다.

다음으로 머리를 땋은 노인이 방안으로 들어왔다. 그는 운좋게도 오즈마 공주의 연회에 초대되는 행운을 얻은 땅속나라 피라미드 산의 할아버지였다. 그 할아버지는 보이지 않는 계곡과 갈고일의 나라 사이에 있는 한 동굴에서부터 찾아왔다. 그의 머리카락과 수염은 발등까지 내려올 정도로 길었기 때문에 가닥가닥 땋아서 매듭으로 묶지 않을 수가 없었다. 매듭 하나하나에는 색색깔의 리본이 달려 있었다.

"오즈마 공주의 생일을 위해 칭찬 상자를 공주에게 가져왔습니다."

머리를 땋은 노인이 진지한 태도로 말했다.

"부디 공주님께서 이 선물을 좋아하시기를 바랍니다. 제가 지금까지 만든 것들 중에서 가장 훌륭한 것이니까요."

"공주는 틀림없이 기뻐할 거예요."

머리를 땋은 노인을 잘 기억하고 있는 도로시가 말했다. 마법사는 다른 친구들에게 노인을 소개하고는 서둘러 그를 한쪽 의자에 조용히 앉아 있도록 했다. 그렇지 않으면 기회가 있을 때마다 자신의 칭찬 상자에 대해 떠들고 싶어할 것이 분명했기 때문이었다.

그때 악단이 또 다른 손님이 도착했음을 알리는 음악을 울렸다. 그리고 기품 있고 고귀한 이브 나라의 여왕이 접견실로 걸어 들어왔다. 여왕의 옆에는 어린 이바르도 왕이 있었고, 그 뒤에는 이브 나라의 다섯 공주와 네 왕자가 모두 따라오고 있었다.

이브 나라의 왕실 가족이었다. 이브 왕국은 오즈 나라의 동쪽 흐르는 모래 사막 건너편에 있는 나라로, 한때 놈 왕의 노예로 잡혀 있던 이브 여왕과 열 명의 아이들을 오즈마와 오즈의 백성들이 구출해준 적이 있었다. 도로시도 그때 모험에 함께 있었기 때문에 진심으로 이 왕실 가족을 환영했다.

손님들은 모두 캔자스의 어린 소녀를 다시 만나게 된 것을 무척 기뻐했다. 그들은 또한 틱톡과 빌리나, 허수아비와 양철 나무꾼, 사자와 호랑이도 잘 알고 있었다. 그러므로 접견실 안에서는 한바탕 기쁨에 넘치는 재회가 이루어졌다. 결국 한 시간이나 지난 후에야 여왕과 수행원들은 숙소로 물러갔다.

아마도 왕실 악단이 새로운 손님의 도착을 알리는 음악을 연주하지 않았더라면, 그들은 계속 헤어지지 않았을지도 모른다. 이브 나라의 왕실 가족이 접견실에서 물러나기 전에, 이바르도 왕은 오즈마의 생일 선물로 다이아몬드가 박힌 왕관을 내놓았다.

피라미드 산의 발명가 할아버지는 비단옷을 입은 이브 왕국의 대가족을 보자, 자신의 소리상자를 소개할 수 있는 기회가 왔다고 생각했다. 그들이야말로 비단옷이 스치는 바스락거리는 소리상자가 꼭 필요할 터였다. 그래서 자신의 짐보따리에서 가장 큰 소리상자를 꺼내들고 그들의 뒤를 급히 따라갔다.

다음으로 도착한 손님은 바로 폭스빌의 독스 왕, 혹은 자신이 원하는 대로 레너드 4세라고 불리는 여우였다. 그는 새로 만든 깃털 옷으로 화려하게 차려입고 왔다. 앞발에는 하얀 벙어리 장갑을 꼈으며, 단추 구멍에는 꽃 한 송이를 꽂고 머리는 가운데 가르마를 타서 곱게 빗어 넘겼다.

독스 왕은 오즈로 올 수 있는 초대장을 얻어준 도로시에게 몇 번이고 고맙다는 인사를 했다. 에메랄드 시를 한번

방문하는 것이 평생의 꿈이었던 것이다. 그는 방안을 어기
적어기적 걸어다니며 그곳에 모인 유명 인사들과 일일이
인사를 나누었다.

도로시가 오즈 나라의 공주라는 사실을 비로소 알게 된
여우 왕은 한사코 무릎을 꿇은 채, 뒷걸음질로 방을 물러나
겠다고 고집을 부렸다. 그것은 여우로서는 아주 위험한 일
이었다. 앞발을 들고 걸어야 하기 때문에 뒤로 넘어질 위험
이 있었던 것이다.

여우가 물러나자마자, 요란한 트럼펫 소리와 북소리, 심
벌즈 소리가 중요한 손님의 도착을 알렸다. 왕실 집사는 정
중하게 접견실의 문을 열면서 가장 엄숙한 목소리로 자랑
스럽게 말했다.

"위대하시고 찬란한 군주이신 익스 왕국의 직시 여왕 폐
하이십니다! 그리고 용맹스럽고 고귀하신 전하, 노랜드의
버드 대왕과 왕실 귀족이신 플러프 공주마마이십니다!"

지체 높고 권세 있는 이 세 명의 왕족들이 도착하자, 도
로시와 친구들은 즉시 엄숙한 표정을 지으며 가장 예의 바
른 태도로 손님을 맞이했다.

눈부시게 아름다운 직시 여왕의 모습은 황홀할 정도였다.
그들은 모두 이렇게 매력적인 사람은 생전 처음 본다고 생
각했다. 도로시는 직시 여왕이 고작해야 16세 정도일 것이
라고 짐작했다.

하지만 마법사는 도로시에게 귓속말로 이 신비로운 여왕

의 나이가 수천 살이 넘는다고 알려주었다. 영원히 늙지 않는 비밀을 알고 있기 때문에 언제나 젊고 아름다울 수 있다는 것이었다.

노랜드의 버드 왕과 기품 있는 금발 머리의 여동생, 플러프 공주는 직시 여왕의 친구였다. 그들의 왕국은 서로 나란히 붙어 있었으므로 그들은 오즈마 공주의 생일을 맞아 오즈의 나라로 함께 여행을 오게 된 것이다. 그들 또한 수많은 값비싼 선물을 가져왔기 때문에 선물을 놓는 탁자는 거의 다리가 부러질 지경이었다.

도로시와 폴리는 처음 보는 순간부터 플러프 공주가 무척 마음에 들었다. 나이 어린 버드 왕 또한 아주 솔직하고 천진난만했기 때문에 빛나는 단추는 당장 그와 친구가 되었다. 그리고 절대로 버드 왕과 떨어지려고 하지 않았다. 그런데 벌써 정오가 지났으므로 왕실 손님들은 대연회를 위해 몸단장을 해야만 했다.

그날 오후에는 모두 한자리에 모여 환상의 나라를 다스리는 오즈마 공주를 맞이할 예정이었다. 그러므로 직시 여왕은 수십 명의 하녀들을 이끌고 젤리아 잼의 안내를 받으며 숙소로 돌아갔다. 버드와 플러프도 곧 자신의 방으로 물러갔다.

"어휴! 오즈마 공주는 얼마나 대단한 연회를 열려고 하는 걸까?"

도로시가 한숨을 쉬었다.

"이 궁전 안이 사람으로 온통 미어터질 거야. 빛나는 단추야, 그렇게 생각하지 않니?"

"몰라."

빛나는 단추는 잠시라도 이곳을 떠나는 것이 싫어서 심술궂게 말했다.

"이제 우리도 우리 방으로 돌아가야겠다. 연회에 참석하려면 옷을 갈아입어야지."

도로시가 주위를 둘러보며 말했다.

"나는 옷을 갈아입을 필요가 없어요."

메리랜드에서 온 캔디맨이 말했다.

"내가 할 일은 그저 설탕 가루를 새로 뿌리기만 하면 되니까요."

"틱톡과 나는 항상 똑같은 옷을 입지. 우리 친구 허수아비도 마찬가지고."

양철 나무꾼이 말했다.

"내 깃털과 우리 아기들의 솜털은 어느 자리에나 잘 어울린단 말씀이야."

빌리나가 한쪽 구석에 앉은 채로 뻐기면서 말했다.

"그렇다면 너희들이 여기 남아서 새로 도착하는 손님들을 맞이하도록 해. 빛나는 단추와 나는 오즈마 공주의 연회에 입고 갈 옷을 골라봐야겠어."

"누가 또 올 건데?"

허수아비가 염려 말라는 듯이 말했다.

“던키톤의 킥커브레이 왕과 조니 두잇 그리고 북쪽 나라의 착한 마녀가 올 거야. 손님들을 잘 모시도록 해줘. 어쩌면 조니 두잇은 아주 늦게 도착할지도 몰라. 그 아저씨는 정말 바쁘거든.”

도로시가 빛나는 단추와 자리를 뜨는 것을 보고 토토는 꼬리를 흔들면서 일어났다가 놀랍게도 따라가지 않고 그대로 남았다. 캔디맨의 달콤한 향기를 뿌리칠 수가 없었던 것이다.

토토는 캔디맨이 정말 마음에 들었다. 온몸을 마구 핥아 주고 싶었지만 억지로 참고 발치에 앉아서 꼬리를 흔들었다. 캔디맨은 토토의 침이 한 방울 떨어지자 조금 걱정이 되는지, 땀을 식히려고 그러는지 모자를 벗고 얼굴에 자꾸 설탕을 뿌려댔다.

23

대연회

   그날 저녁 오즈마의 왕실 연회에 참석한 손님들의 모습이 얼마나 훌륭하고 멋졌는지 도저히 말로는 전부 설명할 수 없어서 무척 안타까울 뿐이다. 커다란 왕실 연회장 한가운데에는 긴 식탁이 놓여졌고, 온갖 화려한 장식들과 눈부신 촛불과 보석들이 손님들의 눈을 어지럽게 했다. 손님들은 입을 모아 이렇게 장엄하고 화려한 광경은 한번도 본 적이 없다고 말했다.

그 자리에 참석한 손님들 중에서도 가장 유쾌하고 가장 유명한 인물은 물론 산타 클로스 할아버지였다. 그러므로 그에게는 영광스럽게도 이 날의 주인공인 오즈마 공주가 앉아 있는 식탁 끝자리의 바로 맞은편 자리가 주어졌다.

존 도넛, 직시 여왕, 버드 왕, 이브 나라의 여왕과 그의 아들 이바르도, 메리랜드의 여왕에게는 황금으로 만든 옥좌가 제공되었고 다른 손님들에게는 아름다운 의자가 제공되었다.

연회장의 제일 위쪽 끝에는 동물들을 위해 특별히 따로 마련된 자리가 있었다. 이 테이블의 끝에는 목에 턱받이를 두른 토토가 앉아서 은쟁반에 담긴 음식을 먹고 있었다. 반대편 끝에는 가장자리에 난간이 둘러진 작은 받침대가 서 있었다. 빌리나와 병아리들을 위한 자리였다. 난간은 혹시라도 열 마리의 도로시가 받침대에서 떨어지지 않도록 막아주고, 노란 암탉이 식탁 위에 놓인 음식을 집어다가 쉽게 내려앉을 수 있도록 하기 위해서 설치되었다. 다른 자리에는 배고픈 호랑이와 겁쟁이 사자, 목마, 고무곰, 여우 왕, 당나귀 왕 등이 앉아 있었다. 그야말로 동물 가족이었다.

대연회장의 아래쪽 끝에는 또 다른 식탁이 놓여 있었는데, 그곳에는 산타 클로스와 함께 온 릴즈와 크눅스, 메리랜드의 여왕과 함께 온 나무 병사, 그리고 존 도넛과 함께 온 하이랜드와 로랜드 사람들이 앉아 있었다. 또한 궁전의 관리들과 오즈마 군대의 장교들도 함께 자리했다.

　이 세 개의 식탁에 둘러앉은 손님들의 화려한 의상은 참으로 눈부시게 빛나는 장관을 이루었기 때문에, 이 자리에 참석한 사람이라면 누구나 영원히 이 연회를 잊을 수가 없을 것이다. 아마도 이 세상 다른 어떤 곳에서도 오즈마 공주의 생일 연회를 위해 오늘 저녁에 모인 이 손님들만큼 훌륭하고 아름다운 모임은 없을 것이다.

　모든 손님들이 각자의 자리에 앉았을 때, 500명의 연주자들로 이루어진 오케스트라가 대연회장이 내려다보이는 발코니에서 즐겁고 명랑한 음악을 연주하기 시작했다. 그리고 왕실을 나타내는 초록색 장식이 둘러진 문이 활짝 열리면서 소녀 티가 채 가시지 않은 아름다운 오즈마 공주가 나타났다. 처음으로 오즈마 공주가 손님들을 직접 맞이하는 자리였다.

　공주가 연회 식탁의 제일 위쪽에 놓인 왕좌 옆에 서자, 모든 시선이 일제히 사랑스런 공주에게로 쏠렸다. 그녀는 기품이 넘치면서도 매혹적이었다. 옛 친구들과 새 친구들을 향해 부드럽게 던지는 공주의 미소는 보는 이들의 마음을 감동시키고 모든 사람들의 얼굴에 저절로 미소가 떠오르도록 만들었다.

　손님들은 모두 크리스털 잔에 라카사를 가득 채웠다. 라카사는 오즈에서 유명한 음료수로 소다수나 레모네이드보다도 더 맛있는 술이었다.

　오즈마의 생일을 축하하는 내용의 짧은 시 같은 연설을

한 산타 클로스는 사랑스럽고 소중한 이 날의 주인공의 건
강과 행복을 위해 다 함께 축배를 들자고 제안했다. 사람들
은 박수를 치고 환호성을 지르며 잔을 비웠다. 혹시 예의상
술을 마시지 않는 사람들도 술잔에 살짝 입을 갖다 대었다.
손님들이 다시 식탁 앞에 앉자, 왕궁의 하인들은 만찬을 가
져오기 시작했다.

아마도 그렇게 맛있는 음식이 나올 수 있는 곳은 오직 환
상의 나라뿐일 것이다. 접시들은 온통 눈부신 보석이 박힌
값비싼 금속으로 만들어진 것이었고, 맛있는 음식이 헤아
릴 수도 없을 만큼 많이 날라졌다. 물론 캔디맨이나 고무
곰, 틱톡, 허수아비처럼 음식을 먹을 수 없는 손님들도 있
었다. 메리랜드의 여왕은 작은 접시에 톱밥을 조금 담아 먹
는 것으로 그만이었다. 하지만 마음껏 음식을 먹는 손님들
만큼이나 이들 또한 풍성하고 먹음직스러운 만찬을 충분히
즐겼다.

워글벌레는 〈공주에게 바치는 찬가〉를 낭독했는데, 손님
들은 운율이 훌륭한 이 시에 기꺼이 귀를 기울였다. 마법사
는 도로시 앞에 커다란 파이가 나타나도록 마술을 부려서
사람들을 즐겁게 했다. 도로시가 파이를 자르자, 아홉 마리
의 새끼 돼지가 튀어나와 식탁 위에서 춤을 추며 돌아다녔
다. 한편 오케스트라는 돼지들을 위해 신나는 음악을 연주
했다.

손님들은 이 모습을 보고 무척 즐거워했다. 잠시 후에 아

주 조금만 먹어도 금방 배가 부른 폴리크롬이 자리에서 일어나 우아하고 황홀한 무지개 춤을 추기 시작하자, 더욱더 열광했다.

춤이 끝나자, 손님들은 일제히 박수를 쳤고 동물들까지도 앞발을 들어 손뼉을 쳤다. 한편 칭찬의 뜻으로 빌리나는 꼬꼬댁거리고 당나귀 왕은 히잉거렸다.

조니 두잇도 그 자리에 참석했다. 그리고 물론 다른 모든 일에서와 마찬가지로 먹는 일에 있어서도 참으로 놀라운 솜씨를 발휘했다. 양철 나무꾼이 아름다운 노래를 부르자, 모든 사람들이 함께 따라 불렀다. 메리랜드에서 온 나무 병사들은 나무로 만든 총을 가지고 민첩한 사열 훈련 시범을 보여주었다. 릴즈와 크눅스들은 환상의 원형 춤을 추었다. 여기저기에서 즐거운 웃음과 환호성이 터져나왔고 모두들 진심으로 즐거운 시간을 보냈다.

빛나는 단추는 너무나 흥분한 나머지 자기 앞에 차려진 맛있는 식사에는 거의 손도 대지 않은 채, 오직 신기한 손님들을 구경하는 데에만 여념이 없었다. 아마도 그것이 현명한 일인지도 몰랐다. 사실 먹는 것은 언제든지 할 수 있는 일이기 때문이다.

연회와 즐거운 볼거리들은 저녁 늦게까지 계속되었다. 마침내 손님들은 내일 아침에 다시 모여서 생일 축하연을 베풀기로 하고 뿔뿔이 흩어졌다. 이날 만찬은 단지 서곡에 불과했던 것이다.

24
즐겁고 환상적인 생일 잔치

화창하고 완벽한 날씨였다. 부드러운 산들바람과 눈부신 하늘이 다음날 아침에 잠에서 깨어난 오즈마 공주를 반갑게 맞이했다. 바로 그녀의 생일이었다. 아직도 이른 시간이었지만, 온 도시 안이 술렁거리고 있었다. 오즈 나라 곳곳에서 찾아온 군중들은 공주의 생일을 기념하는 축제를 지켜보려고 몰려들었다.

오즈마 공주가 마법의 허리띠를 이용하여 에메랄드 시로 모셔온 귀한 외국 손님들 또한 오즈 사람들에게는 낯익은 축제만큼이나 흥미로운 구경거리였다. 공주와 손님들은 성 밖의 들판으로 나가 축제를 열 예정이었다.

마침내 성대한 행렬이 시작되었다!

제일 앞에는 천 명의 어린 소녀들이 행진을 했다. 오즈에서도 가장 예쁜 소녀들로 구성된 이들은 하얀 모슬린으로 만든 드레스를 입고, 초록색 허리띠와 머리띠를 두르고, 붉은 장미가 가득 담긴 커다란 바구니를 들고 있었다. 그리고 길을 걸어갈 때마다 대리석 보도 위에 꽃을 뿌렸다. 그러므로 왕실의 행렬은 길 위에 가득 뿌려진 장미꽃 양탄자를 밟고 지나가게 되었다.

그 뒤에는 오즈의 네 왕국의 군주들이 나타났다. 윙키들의 황제와 뭉크킨들의 군주, 쿼들링들의 왕과 길리킨들의 지배자는 에메랄드 시의 통치자인 오즈마 공주의 군신임을 나타내기 위해 제각기 목에 에메랄드로 만든 긴 목걸이를 걸고 있었다.

그 다음으로는 에메랄드 시의 코르넷 악단이 행진을 했다. 초록색과 황금색의 제복을 입은 그들은 〈오즈마 투스텝〉이라는 곡을 연주했다. 오즈의 왕실 군대가 그 뒤를 이었는데, 모두 스물일곱 명으로 이루어진 장교들은 총사령관에서부터 대위까지 계급이 다양했다. 하지만 사병이라고는 단 한 명도 없었다. 왜냐하면 실제로 전쟁터에 나가 싸울 필요는 전혀 없었기 때문에 오직 겉으로 그럴 듯하게 보이기만 하면 되었던 것이다. 그리고 확실히 사병보다는 장교가 훨씬 더 그럴 듯하게 보이기 마련이었다.

사람들이 환호성을 지르며 모자와 손수건을 흔드는 동안, 마침내 오즈마 공주가 걸어나왔다. 그 모습이 너무나 사랑스럽고 아름다웠기 때문에 에메랄드 시의 백성들이 공주를 그토록 사랑하는 것도 너무나 당연하게 여겨졌다.

특별히 이 날만큼은 오즈마 공주도 왕실 마차를 타지 않고 다른 손님들과 신하들과 함께 행렬을 따라 걷고 있었다. 공주의 바로 앞에서는 다이나 노파의 살아 있는 푸른 곰 깔개가 네 발을 비틀거리며 어기적어기적 걸어가고 있었다. 껍질뿐인 가죽 이외에는 머리와 꼬리를 지탱해줄 아무것도 없었기 때문이었다. 하지만 오즈마가 걸음을 멈출 때마다, 곰깔개는 바닥에 납작 엎드려서 공주가 다시 움직일 때까지 꼼짝도 하지 않았다.

공주의 뒤에는 커다란 두 마리의 짐승이 따라왔다. 겁쟁이 사자와 배고픈 호랑이였다. 이들만으로도 공주의 신변을 지키기에 충분했다.

그 뒤를 이은 것은 초대받은 손님들이었다. 길가에 늘어선 오즈 사람들이 큰소리로 환호성을 지르며 맞이했기 때문에, 이들은 한 발자국을 내디딜 때마다 오른쪽, 왼쪽을 돌아보며 인사를 해야만 했다. 제일 앞에는 뚱뚱하고 걷는데 익숙하지 못한 산타 클로스가 목마를 타고 갔다. 이 명랑한 노인은 조그마한 장난감이 가득 든 바구니를 들고서 지나가는 아이들에게 하나씩 나누어주었다. 릴즈와 크눅스는 산타의 뒤를 바싹 따라갔다.

그 다음은 익스 나라의 직시 여왕이었다. 그리고 존 도넛과 병아리 아이가 뒤를 이었고 파라 브루인이라고 불리는 고무곰이 뒷다리로 어기적어기적 걸어왔다. 메리랜드의 여왕은 나무 병사들의 호위를 받으며 나타났다. 노랜드의 버드 왕과 여동생인 플러프 공주 그리고 이브 나라의 여왕과 열 명의 아이들도 행렬에 참여했다. 머리를 땋은 노인과 캔디맨은 나란히 걸어갔다. 그 뒤에는 이제 사이좋은 친구가 된 폭스빌의 독스 왕과 던키톤의 킥커브레이 왕이 따라왔다. 제일 마지막에는 가죽 앞치마를 두른 조니 두잇이 긴 파이프를 입에 물고 걸어갔다.

그러나 이 신기하고 놀라운 손님들만큼이나 오즈의 사람들이 열렬히 환호하고 진심으로 반갑게 맞이한 인물들은 바로 그 뒤를 따라오는 도로시와 친구들이었다. 누구나 좋아하고 사랑하는 도로시는 허수아비와 다정하게 팔짱을 끼고 걸어갔다. 허수아비 또한 모든 사람들에게서 사랑을 받았다. 그리고 폴리크롬과 빛나는 단추가 뒤를 따라왔는데, 사람들은 이 아름다운 무지개의 딸과 귀여운 푸른 눈의 소년을 처음 보자마자 좋아하게 되었다.

털이 북실북실한 새 의상으로 갈아입은 털북숭이 노인은 그 신기한 모습 때문에 많은 사람들의 시선을 끌었다. 기계 인간 틱톡은 규칙적인 발걸음으로 씩씩하게 걸어갔다. 이 행렬의 가운데에서 걸어가는 마법사 오즈를 보자, 사람들은 더욱 큰소리로 환호성을 질렀다. 워글벌레와 호박머리 잭이 그 뒤를 따랐으며, 계속해서 마녀 글린다와 북쪽 나라의 착한 마녀가 나타났다. 마지막으로 빌리나가 뒤를 이었는데, 병아리들이 행렬에서 뒤처지거나 벗어나지 않도록 연신 새끼들을 불러모으고 재촉을 하느라 정신이 없었다.

그 다음으로는 또 다른 악단이 나타났다. 이들은 윙키 나라의 황실 양철 밴드였는데, 〈양철과 같은 금속은 없다〉라는 멋진 행진곡을 연주했다. 그리고 왕궁의 하인들이 길게 줄을 이었고, 그 뒤로는 도시 안의 모든 사람들이 행렬을 이루며 에메랄드 성문 밖으로 빠져나왔다.

넓고 푸른 들판 위에는 화려한 천막이 세워져 있었다. 행렬에 참여했던 모든 손님들과 왕실 가족들이 자리에 앉고도 남을 만큼 넓은 천막이었다. 초록색과 황금색의 비단 천으로 만들어진 천막 위에는 헤아릴 수 없이 많은 깃발이 바람에 날리고 있었다. 바로 천막 앞에는 넓은 무대가 설치되어 있어서 모든 관중들이 거행되는 행사를 잘 지켜볼 수가 있었다.

오늘 행사를 총 주관하는 사람은 바로 마법사였다. 오즈마 공주가 모든 실행을 그의 손에 맡겼던 것이다. 군중들이 모두 무대 주위에 모여들고 왕실 가족들과 손님들이 자리에 앉자, 마법사는 짤랑거리는 유리공과 불을 붙인 초를 가지고 능숙한 묘기를 펼쳐 보였다. 열두 개의 공과 초를 허공에 던진 마법사는 차례차례 내려오는 공과 초를 단 한 개도 놓치지 않고 모두 잡아냈다.

그런 다음에 마법사는 허수아비를 소개했다. 허수아비는 칼을 삼키는 묘기를 보였는데, 모두들 커다란 관심을 가지고 지켜보았다. 그 다음에는 양철 나무꾼이 도끼를 휘두르는 시범을 보였다. 양철 나무꾼은 도끼를 정신없이 휘둘렀기 때문에, 사람들은 번쩍이는 도끼날 이외에는 그 동작을

거의 볼 수도 없었다. 마녀 글린다는 무대 위로 올라가서 한가운데에 커다란 나무가 자라나게 하는 마법을 부렸다. 그리고 나무에 꽃을 피우고 순식간에 타모르나스라고 하는 맛있는 과일을 맺게 했다. 어찌나 크고 탐스러운 과일이 주렁주렁 열렸는지, 하인들이 나무 위에 올라가서 관중들을 향해 과일을 따서 던지자 모든 사람들이 충분히 먹고도 남을 정도였다.

고무곰 파라 브루인은 커다란 나무를 타고 기어올라가서 몸을 둥글게 만 다음, 무대 위로 굴러 떨어졌다. 그리고 다시 펄쩍 뛰어올랐다. 몇 번씩이나 똑같은 동작을 되풀이하면서 곰은 사람들을 즐겁게 해주었다.

북쪽 나라의 착한 마녀는 돌멩이 열 개를 열 마리의 새로 바꾸고 다시 열 마리의 양으로 바꾼 다음, 다시 열 명의 어린 소녀들로 바꾸어서 사람들을 놀라게 했다. 소녀들은 귀여운 춤을 추고 나서 다시 열 개의 돌멩이로 바뀌었다.

다음으로 연장통을 들고 무대에 올라간 조니 두잇은 순식간에 하늘을 나는 커다란 기계를 만들었다. 그리고 기계 속에 연장통을 집어넣고 그 자리에 참석한 손님들에게 작별 인사를 하고 오즈마 공주에게 감사 인사를 드린 다음, 하늘로 날아가 버렸다.

마법사는 오늘의 마지막 행사를 알렸다. 그것은 참으로 놀라운 구경거리였다. 마법사가 기구만큼이나 커다란 비눗방울을 불 수 있는 기계를 발명한 것이다. 이 기계는 무대 밑에 감추어져 있었고, 커다란 진흙 파이프의 주둥이만이 밖으로 나와서 무대 위로 비눗방울을 쏘도록 장치되어 있었다. 한편 비눗물이 담긴 탱크와 방울을 일으키는 공기 펌프는 완전히 가려져 있었기 때문에 무대 위에서 점점 더 커다란 비눗방울이 뿜어져 나오기 시작하자, 오즈 사람들의 눈에는 마치 신짜 마술을 행하는 것처럼 보였다. 그들은 아이들이 세숫대야에 비눗물을 풀어서 가지고 노는 평범한 비눗방울조차 한번도 본 적이 없었기 때문이다.

마법사의 발명은 그것뿐이 아니었다. 대개 비눗방울들은 쉽게 터지기 때문에 겨우 몇 분 동안 허공을 떠다니다가 곧 사라지기 마련이다. 하지만 마법사는 비눗물에 일종의 아교 같은 것을 넣어서 비눗방울을 질기게 만들었다. 비눗방울이 공기 중에 노출되면 순식간에 아교가 말라서 비눗방울이 몇 시간 동안이나 허공을 떠다녀도 절대 터지는 일이 없었던 것이다.

마법사는 기계 장치와 공기 펌프를 이용해서 몇 개의 커다란 비눗방울을 불기 시작했다. 그리고 환한 햇빛이 내리쪼이는 하늘 위로 날려보냈다. 비눗방울은 무지개 색깔로 아름답게 빛을 발했다. 사람들 사이에서는 경탄과 놀라움의 함성이 일어났다. 어느 누구도 그렇게 새롭고 신기한 광경은 본 적이 없었다. 물론 도로시와 빛나는 단추는 예전에도 비눗방울을 본 적이 있지만, 그렇게 크고 튼튼한 비눗방울은 처음이었다.

마법사는 다시 작은 비눗방울을 여러 개 불어서 커다란 비눗방울을 가운데 두고 빙 둘러싸도록 했다. 그런 다음 수많은 비눗방울들을 저 멀리 하늘 위로 떠나 보냈다.

"정말 멋지군!"

누구보다도 장난감이나 예쁜 물건들을 좋아하는 산타 클로스가 감탄을 금치 못했다.

"마법사 양반, 내 주위에 비눗방울을 하나 불어주시오. 그러면 그걸 타고 날아서 집으로 갈 수 있을 것 같소. 발 밑으로 펼쳐지는 경치도 구경하고 말이오. 이 세상에 내가 찾아가지 않은 곳은 단 한 곳도 없지만, 대개는 깜깜한 밤에 사슴을 타고 다녔지. 이제 당신 덕분에 환한 대낮에 천천히 편안하게 풍선을 타고 가면서 세상을 구경할 수 있는 기회가 생겼소."

"비눗방울을 조종하실 수 있으시겠습니까?"

마법사가 걱정스러운 듯이 물었다.

"물론이오. 그 정도 마법은 나도 할 수 있다오. 당신은 비눗방울을 불어서 나를 안에 넣어주기나 하시오. 그럼 안전하게 집으로 돌아갈 테니까."

산타 클로스가 자신 있게 말했다.

"그럼 나도 비눗방울을 타고 집으로 돌아갈 수 있게 해주시오!"

메리랜드의 여왕이 부탁했다.

"좋습니다, 여왕님. 그럼 먼저 출발하시지요."

산타 클로스가 순서를 양보했다.

어여쁜 밀랍 인형은 오즈마 공주와 다른 사람들에게 작별 인사를 한 다음, 무대 위에 올라섰다. 마법사는 커다란 비눗방울 속에 그녀를 집어넣었다. 그리고 비눗방울을 천천히 공중으로 떠올리자, 사람들은 비눗방울 한가운데 서 있는 메리랜드의 여왕을 보았다. 그녀는 밑에 있는 사람들에게 손으로 키스를 보냈다. 비눗방울은 남쪽을 향해 날아가더니 곧 시야에서 사라졌다.

"그것 참 멋진 방법이군요. 나도 비눗방울을 타고 집으로 가고 싶어요."

플러프 공주가 말했다. 그리하여 마법사는 플러프 공주를 커다란 비눗방울에 태웠고, 그녀의 오빠인 버드 왕과 직시 여왕까지 비눗방울에 태웠다. 하늘 높이 솟아오른 세 개의 비눗방울은 노랜드 왕국이 있는 쪽으로 나란히 날아갔다.

이 성공적인 모험에 흥이 난 다른 손님들도 앞을 다투어 비눗방울에 올라탔다. 마법사는 차례차례 그들을 비눗방울에 실었고, 산타 클로스는 그들이 가고 싶어하는 방향으로 비눗방울을 날려보냈다. 산타 클로스는 누가 어디에 사는지 정확히 알고 있었던 것이다.

마지막으로 빛나는 단추가 말했다.

"나도 집에 가고 싶어요."

"물론 가야 하고말고!"

산타가 큰소리로 말했다.

"너를 다시 만나면 아버지와 어머니가 무척 기뻐하실 거다. 마법사 양반, 부디 빛나는 단추를 위해서 아주 크고 멋진 비눗방울을 만들어주시오. 나는 안전하게 그의 가족이 있는 집으로 이 아이를 보내 주리다."

"너무 섭섭하구나. 하지만 빛나는 단추를 위해서는 집으로 돌아가는 것이 제일 좋겠지. 가족들이 무척 걱정하고 있을 테니까 말이야."

도로시는 소년에게 입을 맞추었다. 오즈마도 입을 맞추어 주었다. 모든 사람들이 손을 흔들며 소년의 즐거운 여행을 빌었다.

"이제 우리와 헤어지게 되어서 기쁘니?"

도로시가 조금 심술궂게 물었다.

"몰라."

빛나는 단추가 대답했다. 그는 무대 위에 책상다리를 하고 털썩 앉았다. 그리고 머리의 모자를 살짝 들어올리자, 마법사가 아름다운 비눗방울로 소년을 감쌌다.

순식간에 비눗방울은 하늘로 올라가 서쪽으로 갔다. 마지막으로 빛나는 단추는 반짝이는 비눗방울 속에 앉은 채, 밑에 있는 사람들에게 모자를 흔들었다.

“너도 비눗방울을 타고 가겠니? 아니면 요술 허리띠를 이용해서 너와 토토를 집으로 보내줄까?”

오즈마 공주가 도로시에게 물었다.

“요술 허리띠를 사용하는 게 좋겠어. 비눗방울은 왠지 무서워.”

도로시가 망설이며 대답했다. 그러자 토토도 찬성하는 듯이 멍멍! 짖어댔다. 토토는 사람들이 비눗방울을 타고 날아오르는 것을 보며 짖어대는 것은 좋았지만, 자신이 직접 타기는 싫었던 것이다.

산타 클로스가 마지막으로 비눗방울을 타고 떠나기로 했다. 그는 오즈마 공주에게 감사의 인사를 하고 앞으로도 계속 행복한 날을 맞이하기를 빌어주었다. 곧이어 마법사가 비눗방울을 불자, 뚱뚱한 산타 클로스를 태운 비눗방울과 릴즈와 크눅스를 태운 좀더 작은 비눗방울이 솟아올랐다.

다정하고 마음씨 착한 어린이들의 친구가 하늘로 떠오르자, 사람들은 목청을 높여 환호성을 질렀다. 그들은 모두 산타 클로스를 진심으로 사랑했다. 비눗방울 속에서 이 함성을 들은 산타 클로스는 미소를 지으며 손을 흔들었다. 모든 사람들이 비눗방울이 완전히 사라질 때까지 지켜보는 동안, 악단은 장엄한 음악을 연주했다.

"폴리, 너는 어떠니? 너도 비눗방울 타기가 무섭니?"

도로시가 친구에게 물었다.

"아니야. 하지만 산타 클로스가 우리 아버지에게 이야기를 전해주겠다고 약속을 했어. 그러니까 곧 쉽게 집으로 돌아가게 될 거야."

폴리크롬이 미소를 지으며 말했다. 과연 이 말을 꺼내자마자, 갑자기 눈부신 광채가 하늘에서 내려왔다. 사람들은 넋을 잃고 휘황찬란한 무지개의 한쪽 끝이 천천히 무대 위로 내려오는 광경을 지켜보았다.

기쁨의 함성을 지르며 무지개의 딸은 자리에서 벌떡 일어났다. 그리고 춤을 추면서 무지개를 타고 올랐다. 무지개가 차츰 하늘로 올라가는 동안, 하늘하늘한 그녀의 긴 옷자락은 마치 구름처럼 펄럭이며 무지개의 색깔과 뒤섞였다.

"안녕, 오즈마! 안녕, 도로시!"

폴리크롬의 목소리가 들려왔다. 하지만 그녀의 모습은 완전히 무지개 속으로 녹아들어서 더 이상 볼 수가 없었다.

갑자기 무지개의 한쪽 끝이 희미해지더니 산들바람 앞의 안개처럼 사라져버렸다. 도로시는 깊은 한숨을 쉬며 오즈마를 향해 돌아섰다.

"폴리와 헤어지게 되어서 너무 슬퍼. 하지만 폴리로서는 아버지와 함께 있는 편이 더 좋겠지. 아무리 오즈의 나라라고 해도 구름 위의 집처럼 좋지는 않을 거야.”

“물론이지.”

공주가 대답했다.

“그렇지만 잠깐이라도 폴리크롬을 만날 수 있었던 것은 행운이야. 그리고 누가 알겠니? 앞으로 언젠가 다시 무지개의 딸을 만나게 될지 말이야.”

이제 모든 즐거운 놀이가 끝이 났다. 사람들은 천막을 떠나서 다시 에메랄드 시로 행렬을 지어 돌아왔다. 이제 다시 시작되는 도로시의 여행에는 오직 토토만이 길동무였다. 털북숭이 노인은 오즈에 남고 싶어했고 오즈마도 그에게 한동안 오즈에서 사는 것을 허락해주었기 때문이다. 만약 그가 앞으로도 계속 정직하고 진실하다는 것을 증명한다면, 공주는 언제까지나 이곳에서 살도록 해주겠다고 약속했다. 털북숭이 노인은 그렇게 되기 위해 열심히 노력할 작정이었다. 그들은 다 함께 맛있는 저녁 식사를 하고 허수아비와 양철 나무꾼, 틱톡, 노란 암탉과 함께 재미있는 저녁 시간을 보냈다.

밤이 깊어지자, 도로시는 모든 친구들에게 잘 자라는 인사와 함께 작별 인사를 했다. 오즈마는 도로시가 곤히 잠을 자고 있는 동안, 요술 허리띠를 이용하여 토토와 함께 캔자스 농장에 있는 작은 침대로 돌려보내 주기로 약속했다. 도로시는 다음날 아침에 아침 식사를 하러 아래층으로 달려 내려가면, 헨리 아저씨와 엠 아주머니가 얼마나 놀라실지를 상상하며 웃음을 터뜨렸다.

즐겁고 행복한 모험을 만족스럽게 끝마치고 하루 종일 바쁜 일정을 보내느라 피곤했던 도로시는 토토를 품에 안고 오즈마 궁전의 자기 방에 있는 어여쁜 침대 속으로 기어 들어갔다. 그리고 곧 깊은 잠에 빠져들었다.

〈오즈의 마법사 시리즈 5권 끝〉

오즈의 마법사 시리즈 5

오즈로 가는 길 L. 프랭크 바움 지음

옮긴이 최인자
연세대학교 영어영문학과와 동 대학원 졸업.
1992년 조선일보 신춘문예 평론 당선으로 등단, 문학평론가.
번역서에는『재즈』, 『천 그루의 밤나무』, 『톰 소여의 아프리카 모험』
『바로 그 이야기들』, 『해리포터와 불의 잔』 등이 있음.

지도 및 본문 컬러 작업 김은영

초판 1쇄 발행 2009년 7월 7일 | 개정판 3쇄 발행 2025년 11월 24일
옮긴이 최인자 | 펴낸이 김종해 | 펴낸곳 문학세계사
주소 서울시 마포구 신수로 59-1(04087) | 전화 02-702-1800
홈페이지 www.msp21.co.kr
이메일 munse_books@naver.com
팩스 02-702-0084 | 출판등록 제21-108호(1979. 5. 16)

ISBN 979-11-93001-80-6 (03840)
ⓒ 문학세계사

환 상 의 나 라
스키저의 나라
가파른길
햇님의 산
소망의길
보라빛숲
구구숲
위대한 길리키의 숲
길리킨강
몸버할머
아마도 도시
니키딕 마법사의 동
윙키의 나라
어쩌면 강
회색늑대굴
다람쥐왕
서쪽마녀의 성
벌떼의 집
에메랄드성
까마귀의 집
죽음의 사막
윙키강
회전목마의 산
양철나무꾼의 성
에메랄드
속임수의 강
호박밭
곰의 집
거대한 과수원
회전하는 초원
무시무시한 도시
굴뚝계곡
윙키의 숲
오르락 내리락 폭포
움직이는 도시
탁자나라
북쪽
큰봉우리산
서쪽
동쪽
당근산
마법
진실의 연못
남쪽
새빨간 산
쿼들링의 나라
남쪽산
글린다성
거대하고 쓸쓸한 사막

오 즈
건널 수 없는 사막
날개달린 원숭이들의 성
오리온호수
시시한 도시
길리킨의 나라
착한북쪽마녀의 성
사파이어도시
호박머리잭이 태어난 들판
목마
멍청한 올빼미와 현명한 당나귀
도로시의 집이 떨어진 곳
사람을 먹는 식물
시시한 도시
파란숲
양철나무꾼의 오두막
들쥐여왕이 사는곳
흐르는 모래사막
노란벽돌길
양귀비 꽃밭
허수아비가 서 있던 옥수수밭
호수
워글벌레대학
뭉크킨의 나라
겁쟁이 사자를 만난 곳
수정산
뭉크산
이야기가 피어나는 산
파란산
도자기 인형들의 성
소나무숲
여행자의 나무
거대한 호수
망치머리사람들
시시한 도시